袁红艳◎著

中国青年出版社

律师声明

北京市中友律师事务所李苗苗律师代表中国青年出版社郑重声明：本书由著作权人授权中国青年出版社独家出版发行。未经版权所有人和中国青年出版社书面许可，任何组织机构、个人不得以任何形式擅自复制、改编或传播本书全部或部分内容。凡有侵权行为，必须承担法律责任。中国青年出版社将配合版权执法机关大力打击盗印、盗版等任何形式的侵权行为。敬请广大读者协助举报，对经查实的侵权案件给予举报人重奖。

侵权举报电话

全国"扫黄打非"工作小组办公室　　　中国青年出版社
010-65233456　65212870　　　　　010-50856028
http://www.shdf.gov.cn　　　　　　E-mail: bianwu@cypmedia.com

图书在版编目（CIP）数据

女人向上 / 袁红艳著. — 北京：中国青年出版社，2019.1
　ISBN 978-7-5153-5458-3

　Ⅰ.①女… Ⅱ.①袁… Ⅲ.①散文集-中国-当代 Ⅳ.①I267

中国版本图书馆CIP数据核字（2018）第295048号

女人向上

袁红艳　著

出版发行：	中国青年出版社
地　　址：	北京市东四十二条21号
邮政编码：	100708
电　　话：	（010）50856188 / 50856199
传　　真：	（010）50856111
企　　划：	北京中青雄狮数码传媒科技有限公司
责任编辑：	刘稚清
印　　刷：	北京华联印刷有限公司
开　　本：	710×1000　1/16
印　　张：	17.5
版　　次：	2019年1月北京第1版
印　　次：	2019年1月第1次印刷
书　　号：	ISBN 978-7-5153-5458-3
定　　价：	45.00元

本书如有印装质量等问题，请与本社联系
电话：(010)50856188 / 50856199

做什么像什么,

造就女人向上;

而向上的女人,

成就身边所有人的向上。

成为有趣的人，
先从发现身边每一个
平凡事物的有趣开始。

袁泉

一段旅程
最好的风景
不在你知道的终点
而在
一直向着终点
前行的路上

用身体去感应
天地之气
聚气在股掌之中
一心一念
万物兼容

心有空
才能在万物的世界
感知他们
或从生命轮回中
沉淀自己

目 录

序言：女人，寻找向上的力量

第一篇　女人向上

女人向上，与美好的自己不期而遇！ … 002
编者语：袁红艳，做什么，像什么 … 005
女人向上法则 … 012

第二篇　女人向上，做什么像什么

善学习，日精进
现实中的"学生姿态" … 022
从逛超市感悟到的管理方法 … 030
跳出烦躁，苦海不"苦" … 034
生活枯燥，唯有进步可解 … 038
感悟费城交响乐 … 041
习惯成就梦想 … 044

学管理，常总结

　　专注成就品质 ⋯ 050

　　资源的祸害 ⋯ 052

　　服务是我们的一切 ⋯ 055

　　工作，需知行合一 ⋯ 059

懂生活，品美好

　　感悟书魂 ⋯ 068

　　美物抵心 ⋯ 070

　　愿如这般女子 ⋯ 073

　　品味自然 ⋯ 076

　　洱海的树 ⋯ 082

第三篇　女人向上，一岁一芳华

　　伴着花香的 37 岁！　⋯　090

　　38 岁，风中的生日　⋯　094

　　乌拉拉不见了 39 岁　⋯　097

　　40 岁，最美！　⋯　098

　　充满能量的 41 岁　⋯　111

第四篇　女人向上，抵达内心和远方

　　爱是一场远行　⋯　128

　　丽江之行　⋯　149

　　西藏游记　⋯　158

　　情人节，带你去爬最高的山　⋯　176

　　欧洲之行　⋯　190

第五篇 女人向上，更多故事

最熟悉的陌生人… 224

等一个人… 229

小薇的故事… 244

后记：出一本书，圆一个梦

序言
女人，寻找向上的力量！

2015年，与爱人去希腊旅行，现实童话里的幸福公主，在旅途中洋洋洒洒写了万余字，于是就有了一个美好的梦想——给自己的幸福写本书。

书名都想好了：《爱是一场远行》。

一直都有随手将自己所见所闻的感悟记录成文字的习惯，有了这个梦想之后，整理了一下硬盘，发现它已零零散散有了十余万字。

当把这些文字整理给编辑时，编辑说，不是你遇见了幸福，而是任何时候的你都能感知幸福，你本身就是一个幸福的缔造者。名字就叫《女人向上》吧，它可以让阅读者产生向上的力量，创造幸福、获得幸福。

书中的文字，源于这么多年对所见人、事、物的思考感悟，将它们提炼沉淀成字再连成句，多年后的今日看来，都惊讶于这字字珠玑生出的哲理。

它就如久经沉淀被泥沙流水磨砺出的珍珠，之前都散落于珠盘中，大小不一、形态各异，但每一粒都光泽夺目，而有朝一日，偶遇匠人，将这些夺目的珍珠穿成了一顶璀璨的珠冠，让每个女人在看见它时都闪耀着美丽女人智慧的光芒。

究竟怎样才能拥有"向上"这种力量？

那天在朋友圈看到张在狭缝里长大的西瓜的热图，长大的西瓜已严重变形，但它终究成了一个西瓜。是什么力量，让这个在狭缝里的瓜顽强生长？

一颗西瓜子无意间掉进了石缝中，石缝中留存的土壤让它有幸存活了下来，西瓜子从不抱怨自己生存在这样的恶劣环境里，与其唠唠叨叨影响自己的求生欲望，不如好好钻研如何将藤苗伸向那石板上有光的地方。

任何不如意发生时，习惯性先找自己能掌控及改变现状的办法，比责怪为什么自己会如此倒霉要有用得多，向上的力量源于活下来，然后长大……

让自己变得更好是"成长向上"的原动力。

那又如何让自己变得更好？

有了原动力，就有了驾驭自己抵达目标的基本能力，给前行确定一个方向，减少盲目的随机乱撞带来的时间代价，大胆前行，忘记你的依赖，断了你的后路，才会让你在遇见天大困难时硬着头皮想尽办法征服它，回头望时，发现它只是一张弱不禁风画着狰狞面具的纸傀儡。

经历了这么多，逐渐长大。善于总结沉淀精华，脑子是有容量的，归类整齐，一是为了节省更多脑空间，二是为了再次应用时高效找出解决方法。否则，付出过代价的经历没有留下记忆，再次发生时，需要再次为成长买单，得不偿失，成长缓慢甚至止步不前。

每个人都只有几十年的人生，不是所有成长都需要花费时间及代价，

序言：女人，寻找向上的力量！

善于从看见、听见的身边的人、事、物的成长经历感悟学习，是最低成本的成长。悟性是一种能力，它取决于你拥有的格局，不同格局悟到的层级不同，看到的人、事、物表象后本质的深度不同，觉悟自然会深浅不一。听别人的故事，想自己的人生，悟性高带来最有价值的是时间成本，这意味着你可以早几十年享受人生。

经历与感悟，让你拥有了看透万物的自信，淡定从容，以为一切都会控制在股掌之中，可是，在天地之中，我们也不过是一粒微尘，一粒改变不了天地运转的尘埃。谦卑学习，时刻关注生存环境的变化，清理倒空固化无用又占内存的经验主义，永葆年轻的求知欲望与活力激情，才能让自己永远活跃在日新月异的天地之间。

以上一切"让自己变得更好的努力"更多是为了事业与工作，但作为女人，所做一切都应为了能够获得幸福生活。

在生活中，女人拥有着妻子、母亲、朋友及自己等多重角色，这每一个角色和谐共处、相互平衡才会拥有踏实的幸福生活。每一个角色时间里，专一做好唯一角色，这就是"做什么像什么"，这就是"女人向上"保持平衡的根本法则。

女人向上，愿天下女人拥有创造幸福生活的原动力，做个始终向上的女人。

袁红艳　2018 年 9 月

人生如戏,我们总是穿梭于不同的角色之间。女人,你是妻子,是母亲,是女儿,更是最好的自己!

第一篇 女人向上

女人向上,与美好的自己不期而遇!

《女人向上》,这个书名最初来源于一张树的图片。

女人如同一棵树,向上积极成长,争取阳光和雨露,让枝叶茂盛;同时向内用力拓展,深深地扎进泥土,汲取更多的水和养分,根深才会叶茂。

女人,保持向上的姿态,方可穿越生命中层层的磨砺,与更好的自己不期而遇!

女人向上,一岁一芳华

谁说年龄是美貌的天敌? 谁说年龄是女人的致命伤?

女人,可以活到老,美到老!

《女人向上》这本书里有一位优雅而美好的女性，让我印象深刻：作者在瑞士遇到一位 70 岁的老人开的士，穿着时尚，红色裤子，钩着白色花边的上衣。这位老奶奶开车时，她的侧影美丽得让人不愿侧目。

中国大部分的女性都惧怕年龄，过了 30 岁就不敢再提。

对于这个事情，作者给我们准备了一服解药：女人向上，一岁一芳华。

作者从 37 岁开始，每年都非常认真地给自己写一篇日志以做纪念。

书中写道：40 岁，这是最美的年龄，虽然容颜不再饱满紧致，但细纹平添的是从容柔和。年龄也从来不是女人的致命伤，而是因为我们内心的胆怯。

我自己也算是积极向上的女人，但是我 30 岁之后，特别害怕面对年龄。读了这本书，忽然就坦然面对啦。

女人的美好，都在向上的年华里。

幸福女人有法则

在策划《女人向上》这本图书时，我对作者做了一个专访。

我问：您觉得人生最大的收获是什么？

袁红艳特别幸福地告诉我们：她收获了幸福。

幸福的女人到底有什么秘诀和方法呢？

这也是《女人向上》这本图书最大的价值所在。

作者拥有丰富的内心，做事有方法，并总结出一些法则。

这些女人向上的法则，不是惊天动地的大道理，而是一些颇为细微的小心得。

　　这些女人向上的法则，也不是鸡汤鼓励，而是践行后的真知干货。

　　正是这些认知和做事的法则，成就了作者。

　　女人向上，有一种向外的力量，善学习，善总结，做什么像什么……

　　女人向上也有一种向内的智慧，明事理，知进退，守平衡，懂包容，坦然面对……

　　内外合一，知行合一。

　　遇见《女人向上》，让女人遇见力量！

　　遇见《女人向上》，让女人遇见美好！

　　遇见《女人向上》，让女人遇见智慧！

　　这本图书，值得朋友们细细品读！

　　希望这些法则，也可以帮助更多女性，与更好的自己不期而遇！

——品牌图书出版人：王茹

编者语：
袁红艳，做什么，像什么

一、一个爱生活，做什么像什么的女人

人生如戏，我们总是穿梭于不同的角色之间。

袁红艳说："之所以能够在不同的角色间进行平衡和转变，是因为无论身处什么角色，我都谨记全心投入。简单点说，就是做什么像什么。"

我们眼中的她：

在职场中，坚定果敢，理性成熟，在工作中目标执着，在处事中柔和圆融。

面对爱人，温柔体贴，善解人意，在家庭中默契和谐，在经营中互助支持。

面对孩子，如朋友般，和颜悦色，在交流中循循善诱，在成长中共同进步。

面对父母，撒娇淘气，开心幸福，在日常中嘘寒问暖，在家族中顶天立地。

……

学习时，求知若渴，是各个老师喜欢的踏实好学生。

生活中，活力四射，跑步、写字、画画、看书、咖啡、打拳击……混搭，没有边界。

身处自然，全心投入，可以听见花开的声音，可以看见风儿的心情。

旅行中，用镜头剪辑着旅途美景，用文字挖掘着城市故事。

常写字，写每年生日感悟，写孩子成长，写读书，写故事，写着写着，就写出了这本《女人向上》。

……

袁红艳，23岁创业。创业第一天，给自己写下了一句话：因为我们年轻，所以我们能为您做得更好。这句话后来成为她整个集团公司员工的精神理念。我们问：如果我们不年轻了，怎么办？袁红艳说："人生最大的敌人是自己，只要不断倒空自己，再不断添新，就能永远年轻，就能永远为您做得更好！"

无处不学习的她工作19年来，学习笔记和心得摞起来一米多高。用过的空笔管上万支，飞过的登机牌堆满了一整个箱子……她说，保留它们就是为了回忆她一路学习成长的印记。

在同事眼中，工作中的她不苟言笑、果断严谨、雷厉风行，在生活中与之沟通，她如知心大姐姐，持家育儿生活学习无所不聊。她说，一切的工作都为了生活，我们要懂得生活，努力工作就是为了更好地生活，所以，与她一起奋斗的同事们都很努力，他们开心工作，幸福生活。在这种管理理念下，袁红艳所经营的金富集团具有一种特别吸引人的磁场，集聚着一群特别努力工作，也特别喜欢生活的同事。

家庭中的她，是丈夫骄傲的多才多艺贤妻，是喜欢索要孩子们保护的弱者妈妈，是长辈们信赖的精神支柱。为了做到事业和家庭平衡，她一直坚持自己的原则——24小时，9小时给工作，7小时睡觉，5小时给家庭，3小时给自己。高效高质充实，老板、儿媳、妻子、母亲、朋友、兄弟姐妹……每个角色的转换，她总是这样从容。

"信任默契，共树目标，互助成长。"这是袁红艳对夫妻恩爱的理解。工作中，她与丈夫同心同行，带领员工打拼出一方天地。生活中，常与丈夫手牵手去看场电影，出趟远行，回次老家，爬次高山……她说："有他我就不会迷路。"说这话时，比谁都像小女人。

孩子的成长之路上，她予以陪伴、引导和鼓励。女儿越来越自信、越来越美丽，安静美好，像她最喜欢的百合花；儿子越来越懂事，越来越坚强，妈妈常常依靠在他认真挺起的小男子汉肩膀上寻求保护。她每年跟丈夫会带着孩子们去远行，让见识帮助他们成长，让自然教会他们眼界开阔。

独处时，她又是一个自由随性、愿意尝试多种新奇事物的探求者。她跑步、写字、画画、打拳击，用不同的方式来舒展身心、充实自己。同时，她会驾车进藏挑战最高的雪山，也会在清晨独自走在异国的街道感受别样的风景，甚至会在美景环绕的丽江之旅中激动地冲进酒吧随着音乐自饮自唱。这些经历让她在不同的环境中思索生命，品味人生。

只有热爱生活，才能自信从容地面对生活；只有被爱滋养，才能实现多种角色的成功转变，平衡好家庭和生活，这就是爱的力量。与爱她的人一起在路上，无所畏惧，所向披靡。

二、习惯成就梦想

水滴石穿，成功都是眷顾有准备的人。

之所以能做到做什么像什么，是因为自己随时都在不断积累，用良好的习惯来约束和鞭策自己。

不断学习，超越昨天的自己。一直以来袁红艳都坚守在学习的道路上，时刻保持旺盛的学习力。每一场培训，她都会以认真的态度前往学习。将听到的行之有效的想法及时记录，存在分歧的意见辩证思考，想出自己的解决之道，另辟蹊径收获感悟。她把人才储备问题当成研究课题，借助小组中的精英人才，共同探讨解决，并将行之有效的思路方法一步步地落实到实际工作中，使得金富在项目上、文化上甚至是人才储备上，都有了源源不断的供应资源。这样的学习，让她元气满满、信心十足。通过日积月累的学习，工作以来19年的足迹，如今都已被镌刻在了一摞摞的笔记本上，沉淀成一米多高的"书墙"。看着这些学习成果，袁红艳欣慰地说："这点滴的学习成果的汇聚，成为我成长路上的阶梯，促我进步，助我成功。"

除了向专业的老师学习之外，生活也给了她很多启示。在对德国博世考察的过程中，双方的优秀管理模式给她震撼：每位员工在工作时都不会携带手机，这样的专注，成就了值得信赖的品质，也成就了德国品质文化。即便是日常逛超市，从进店到出店的过程中，她也获得了整合组织架构、客户资源和线索的方法。也明白了品牌的真正含义是人和物彼此的终身受益。忙碌的工作难免会让人烦躁，但她能反客为主，适时地跳出烦躁，从烦躁中总结经验、寻求方法，直到最终找到突破口。所以，她总是说："感谢生活，无论是成功还是失败，都让我变得更沉着、更上进。"

适时的驻足，只为更好地前行。

每年，她都会抽出一定的时间，去一个陌生而宁静的环境放空自己，拆卸、擦洗、重组，让身心获得全新而饱满的状态，再次投入喧嚣的尘世中奋力拼杀。带着爱的远行，让她精力充沛、思维活跃，浑身散发着暖暖的光芒，在成功的道路上挥洒自如。

每当出现问题时，她都会先从自己身上找原因，再寻找解决问题的出口。她说："只有静心反思才能修身，有则改之、无则加勉的态度会让我更快地成长。"这样积极的态度也给企业员工树立榜样，大家都在这样谦虚严谨的环境中勤勉奋进、砥砺前行。每个人都努力做好自己，企业也就自然会在积极向上的状态中平稳上进。

爱生活，才会如此珍惜关于它的每一件物品，才会全身心地投入经营，才会得到生活的关爱。

带着对生活的关爱，袁红艳用心珍藏着身边的点点滴滴。小时候养成的收藏糖纸、信件及邮票等琐碎物件的习惯一直伴随着她成长。大到领导的讲话、教授的培训、会议的精神，小到衣服上的备用扣、用过的墨水笔、出行的机票等都成为她精心珍藏的对象，这种认真梳理、及时记录的习惯让她时刻都保持一颗积极向上的心，时时处处都在积累，也培养了她观察思考的思维方式。这样她就比同龄人更早更多地获得了生活感悟，生活和工作便在自己的积累和思考中不断进步。

正因为拥有这些良好的习惯，她的生活才会充满激情，每一天都过得充实而精彩。

三、做自己和他人的太阳

太阳永远都是积极向上的，它用自己的光芒点亮自己，也照耀着万物，这是它的责任，也是它的义务。袁红艳一直以太阳来自比，用行动坚守着自己的责任，全力燃烧自己。

强大自己：拥有自信才能保证自己在任何阶段和任何时候都不会被超越。袁红艳说："在每一个阶段，我都会清空自己，不断添加新的东西，不断强大自己。"她始终坚信：只有强大自己，才能有更耀眼的光芒照亮他人。

对孩子言传身教：她经常鼓励孩子们要从积极的方面去看问题。女儿小时候性格内向、不善言谈。她就经常带着孩子出去游玩，引导孩子发现身边的美景，并用积累的言语来表达自己的感受。慢慢地，女儿在她的引导下变得乐观自信。如今，亭亭玉立的女儿站在舞台上演讲都是那样从容不迫、自信满满。这就是她坚信的太阳的力量：光芒万丈、照暖心房。

与丈夫同行：她温柔细心，陪伴在丈夫身边，大声告诉所有人，丈夫是她的支柱，积极鼓励，同甘共苦。在工作烦躁时，她会及时分析现象，一起研究解决问题的方法；在生活疲惫时，她会与他一起远行、一起静心、一起感受如今打拼奋斗出的美好。

以身作则，激励员工：在工作中，她会用心学习钻研每项业务，虽然不能做到精通，但不断学习、不断上进的精神感染着每一位员工。这样不仅丰富了自己的见识，更激励了员工们不断追求高效和创新的动力，大家齐心向前冲，铸就了金富今天的成绩。

服务顾客：她始终把产品的质量和用心服务放在首位。正如她所说："别人不认识你时，你要把自己最擅长的东西做到极致，创造出自己的品牌让别人记住你,当你成为大家信赖的品牌时,你要始终不忘初心,坚持你的极致,才是企业立足长久的根本。"这样执着、用心、坚持的服务精神赢得了千万客户,这就是金富的灵魂所在。

当问到她创业至今觉得最成功之处是什么时,她淡然一笑:"幸福吧!自己幸福也可以让身边所有跟随打拼的人都幸福,我会继续努力让这份成功持续下去!"我肃然起敬。

在袁红艳的身上,有一种磁场,散发着催人上进、积极向上的能量,在我与她沟通完这篇采编后,那些曾经困扰我的迷茫也随之散去,女人向上,有家有爱有自己,就会淡定从容,如果没有家,没有爱,那也一定有自己,有积极向上的自己,就会为自己创造出一切。

愿你如我般,感受到向上的力量,终将成为梦想中最好的那个自己!

特约编辑:田小鸟

女 人 向 上 法 则

学 习 篇

1. 任何学习，都应该以明确结果为前提。
2. 我们学习的关键是把好的东西收集、整理并分类，再把它深刻记忆在心中，以备不时之需。不经思考、拿来就用的做法必定会让自己混了概念、乱了方向。
3. 学来的东西永远是自己的，它将浸入你的肌肤，溶入你的血液，潜入你的灵魂，点滴成就你的未来。
4. 放慢你的脚步，你可以不花成本地从别人上演的故事中静静地过滤沉淀自己的人生。
5. 在生活中不断感悟，是优化自己的最佳途径。
6. 教条般的规矩只可以在运作前期遵照执行，运行过一段时间后一定要根据自身的实际情况做出调整。
7. 老师用几十年经验，总结出看似很普通的话，我们终会在不断的实践中突然感悟。所以，听不懂也要一切都认真听，总有一天，都会明白的。

女 人 向 上 法 则

工 作 篇

8. 所有杂乱不能累计叠加超过自己的高度。及时处理每一件事,不管用何种方法,甚至是付出一个巨大的代价,也要彻底解决掉。

9. 当你觉得快撑不下去的时候,试做点其他的事转移注意力。

10. 不断反省、不断改进、不断成长,增添了更好掌控自己的身体和生活的信心。

11. 消极的人,厌倦这日复一日的重复但又逃不掉,只能无尽地抱怨和怠工,这死水一样的重复就成了枷锁,属于他的只有碌碌无为的一生。没有改变的胆魄,人也就失去了掌控命运的主导权。

12. 无论世事如何变迁,命运总会垂青勇于尝试改变的人。每天进步一点点,你就值得拥有更美好的未来。

13. 自然习惯地做好每一件小事,必然就成就了大事。

14. 心要与行为相一致。行为一致了,心的统一才有可能。

15. 与时俱进、爱上生活,在思考怎样把生活过得有趣的同时,你自然会知道如何将工作做得有趣,这样才有持续的生命力,有了生命力才能一直旺盛下去。

女 人 向 上 法 则

处 事 篇

16. 爱上生活与努力工作从不矛盾,朝九晚五属于工作,剩余的时间留给生活。生活的时间再被拆分成两部分,一部分给家人,另一部分给自己。

17. 学会平静地使用句号,是一场人生的修行,轻轻地,就可以圆满该圆满的事情。

18. 在越画越乱时,我常会选择去睡觉,一觉醒来,不管昨天经历多少不顺,都会被积极的正能量代替。我给这个弃之不理的阶段,起名叫"顿悟"。有时离开那个乱如麻的环境,把自己当成一个局外人,反而更加清楚地看到纠缠其中的问题。

19. 万事万物的持久发展是一样的。当我们将自己的呼吸、行为、思想调整在一条轨道上时,就可以得心应手,不急不躁地完成预定目标,但这其中任何一项的变化,就会破坏节奏,最后身心疲惫。真正打败自己的不是别人,而是自己失去节奏的心。

20. 生活总要有些习惯,别丢了,它越来越多时,就成了故事,成了你不知不觉中最大的财富。

21. 人生如此,前行路上,不知会遇见多少道如雪山一样的坎,不畏惧是假的,但只要我们目标坚定,把"跨过去"当作我们的唯一决定,不纠结、不妥协,我们必将征服这每一道坎,成为主宰自己命运的主人。

女 人 向 上 法 则

感 情 篇

22. 两棵树相隔有五米,并不是连根就绕在一起,而是各自都给彼此留有了足够空间自由生长,枝繁叶茂的顶端连在了一起,搭建成一派荫郁。从远处看,像一棵树,虽然靠近,却又彼此独立。我喜欢这样的夫妻,不依赖却携手共进。
23. 结束往往是成就自己的开始。
24. 在感情里不攀枝,因为不需要;不俯首,因为不值得。
25. 世上没有任何可寄托的依靠,唯有成为更优秀的自己。
26. 就算岁月不善待,只要努力向上,一定会渡尽劫波,遇见幸福。

女人向上法则

感 悟 篇

27. 心"有空",才能在万物的世界,感知它们,或从生命轮回中,沉淀自己。

28. 用身体去感应天地之气,聚气在股掌之中,一心一念万物兼容。

29. 别小看一个阳台,它就是你人生的一面镜子。别忽视我们生活中很多角落,它们往往可以最真实地反映我们自己。

30. 生活有趣与否从来不在于生活,而在于过生活的人。有趣的人在孤独中都能快乐地与万物对话,而无趣的人在繁花似锦中也只会孤独终老。

31. 不要在任何时候仰头羡慕别人,抓住今天,让自己行动在未来被人羡慕的路上。

32. 没有心的事物是机械,不是生命。生命需要真实的喘息,感动不了自己何以感动别人。

33. 一段旅程,最好的风景不在你知道的终点,而在一直向着终点前行的路上。人生也是一段旅程,最美好的经历不是目标达成,而是在不断为目标奋斗的前行路上。

感悟篇

34. 在人生旅途中，多少障碍让我们一次次畏惧，若我们就此止步不前，就会被其征服，但我们对自己有信心，对目标够执着，坚信别人能挺过的难关，自己肯定也能渡过。

35. 早餐的意义对于我们来说或许只是填饱肚子，而对于爱生活的人来说，它却是一场让你开启一天愉悦心情的习惯性存在的仪式。

36. 自己可以比同龄人早十几年感悟到人生法则，就意味着可以多争取十几年的时间去享受生活。

有一种女人就是有一种魔力。

平庸的生活有她来过,总是曼妙生姿,活色生香。

做学生,是学霸;

做生意,是精英;

做母亲,是朋友……为什么?

不过是比别人用心,做什么像什么罢了。

第二篇 女人向上，做什么像什么

善学习，日精进

无论世事如何变迁，命运总会垂青勇于尝试改变的人，每天进步一点点，你就值得拥有更美好的未来。

现实中的"学生姿态"

> 学习是为了开阔视野,学习是为了检核曾经,学习是为了将学到的思路理念落实到实际中,将理想变成现实。

由于工作关系,我几乎每个月都有那么几天要离开工作岗位,天南地北地去参加各种学习、培训或会议。

我一直非常珍惜不同地域、不同品牌、不同岗位中的各种概念间的沟通交流和培训的机会。在现实生活中,当你身处在一个随时需要果断决策的"老大"的氛围中时,尽管你怀有谦卑的学习心态,都很难让自己的心静下来。在一纸公文义正词严地命令你抛开一切杂事去面壁时,这没有负罪感的逃离,就像久不见天日的解脱。

学习是为了开阔视野,学习是为了检核曾经,学习是为了将学到的思路理念落实到实际中，将理想变成现实。

经常出外学习的经历让我见识了许多老师的不同风格。说真的，我的脑容量很小，经常处于自动清除和更新中，因此留在内存里的人与物并不多，细细想想，有深刻印象的老师也就三五人。恕我不敬，不记得老师并不代表没学会老师教的东西，我一直都在学习中成长着。

当大家千里迢迢地奔赴这里却所获无几时，常常会发出各种各样的抱怨。因为这期间有太多重要的事等着这些日理万机的老总去做。是的，如今的学习不再是学生时期那样，有固定的时间坐在学校里学习，那时的我们就像一张白纸，老师的知识落在上面就形成了一页页隽永的铅印。

而现在听讲的学生中，有身经百战的60后，也有初生牛犊的90后，年龄跨度约30岁。面对差异如此之大的受众群体，台上的老师要想抓住每个人的心，不仅要有通晓古今、博览群书的专业知识，还要有在现实生活中历练过的摸爬滚打的实战经验。如若真有这样超能力的师者，也都投身于现实的拼搏中了，而愿意站在讲台上传道授业的微乎其微。若授课内容只是对书中那些浅显易懂的道理夸夸其谈，这样的老师更是不可能说服这些学生的。

其实社会中的学习是时时刻刻都在进行的。当然，我们最应该感谢所经营品牌给予的这些精心挑选的、有组织的专业培训。在沙场打拼、业绩为王的时代，在一个舒适的环境中获得专业老师的亲自指导，是很多人的向往。

今天想梳理的学习心得分成两部分。一部分是有老师教的学习，另一部分是生活中随时随地的感悟性学习。

一、有老师教的学习

好吧，既来之，则安之。说说上课吧。

能以老师的身份被请上台给你讲课的人，他讲的内容一般都不会有错误。不管你是听品牌厂家的课，还是自费去学习，站在台上的老师都是经过精心筛选的。因此，我们只有先在心理上接受了老师，放下自己的头衔，才能怀揣着良好的心态投入学习。这一点，很重要。

老师所讲的那些好的案例、思路、方法和流程，需要你认真去听、深刻体会，这样你才会收获茅塞顿开的感悟。同时，你也要仔细推敲，看其是否适用于此时此刻你的实际现状中。

所以，我们学习的关键是把好的东西收集、整理并分类，再把它深刻记忆在心中，以备不时之需。

而不经思考、拿来就用的做法必定会让自己混了概念、乱了方向。

我身边有许多非常爱学习的人，他们孜孜不倦地看很多成功人士的书，乐此不疲地听各领域杰出者的成功理论，不厌其烦地消化吸收工作生活中的各种新鲜资讯。就连走在大街上也不忘把看到的、听到的记下来。他们靠着自己的努力和勤奋获得了如今的成就。

但爱学习的人容易走入一个坑——接收信息太多而受到干扰。因为他们每时每刻都在吸收大量的好东西，如果分不清重点，就会导致高频率地否定自己、改变原有的做法，造成每一件事都做得不深不透，久而久之会给大家留下华而不实的印象。因此，每一位学习者必须要有一个非常清晰的大脑和强烈坚定的目标感。

好东西太多，什么都用，什么都学，最后却发现自己忘了要去哪里。

一段旅程最好的风景
不在你知道的终点
而在一直向着终点前行的路上

photo design by kingfull

用身体去感应
天地之气
聚气在股掌之中
一心一念
万物兼容

photo design by kingfull

所以一定要专注，不管过程如何变化都不能偏离自己的目标。学任何东西，都应明确自己到底想要什么结果，把学的东西实践在每一个步骤上。同时要谨记，你是为了你想要的结果而去做这件事的。

我们常说：只要专注和坚持就能做好一件事。这句话很对，但聪明执着的人会提前思考，以此来确定这件事是否值得去做。因为对于一个有目标感的人而言，他要做的事很多，什么时候做什么事他比谁都清楚。

我向来尊重老师，但有时会出现老师在课堂上所讲的内容与我的阶段不相符的情况，要么是提前，要么是滞后。

如果是滞后的情况，我也会认真听听，以此检核一下我之前所做的是否符合标准，或者还有什么细节没有做到位。

如果是慢了很多拍，那么我会选择在这个时间里做些自己喜欢做的事情，比如说如今的写字。对于前段时间看到的关于放羊人与砍柴人的故事，我所持的观点是：并不是谁浪费了谁的时间，而是砍柴人不懂得把握自己的时间，却总是推脱责任，为自己找一个无关的借口。这是很可悲的，也许，他一辈子都只能做个砍柴人。

如果老师讲的内容比我当下所处的阶段略微超前，我会很庆幸，也会充满期待地去听这样的课。当然，前提是我能听得懂。课程内容会让我预见将来，帮我打开思路，看清前行的方向。

老师的理论让我的大脑如播放电影般不断结合自己的实际思考着，达到这个目标需要跨过多少层障碍。因为任何一个即将落地执行的项目都需要具备一些初具规模的前期条件。记录下这些为排除障碍而展开的各项筹备，并根据主次编上序号，回到现实后便付诸实施。

如果老师讲的内容比现阶段快了许多，我会感到很迷茫。例如我曾听过一堂与我现阶段距离很大的关于资本市场的课程，整堂课犹如天书一样，我不敢眨眼睛，生怕自己错过了老师的某一句话就跟不上整堂课的节奏。虽然我知道这课程将会帮助我完成质的飞跃，但以我当时的理解和觉悟，怕是踮着脚尖都看不清那些高大上名词的深刻含义。

作为这个项目主导者的我，如果连这些理论都弄不明白，还谈什么影响他人、引领企业发展？所以，对于这种概念的课程，我听，而且认真地听，明确这种课的结构，初步形成自己的格局就已达成了目的。

与我现阶段完全一致的课程，到目前为止还没有遇见过。每一次参加学习，我都怀着寻找差异的心态，从这些差异中去采集精华。

工作后的我们应该庆幸可以有机会参加各种学习：不用花学费还能领工资，不用请假还不耽误自己的工作，这种待遇对于在职人员来说简直是莫大的幸福。

学来的东西永远是自己的，它将浸入你的肌肤，溶入你的血液，潜入你的灵魂，点滴成就你的未来。

感悟性的学习

如果现实中没有那么多时间去课堂学习,那么日常生活和工作中的学习就一刻都不能停止。

很多人对年龄增长的恐惧其实是对自己跟不上日渐更新的时代的担心和顾虑。年轻人一浪接一浪地成长起来,这种现象改变着所有人的生活圈子及习惯。

长者们积累了几十年的功力却在新时代无法施展。因为这已经是一个全新的时代,时间的浪涛残酷地击打着长者,让他们连喘息的机会都没有。

身体、精力随着时间的推移都渐渐地消耗磨损。所以,当他们的所有事情都开始被别人安排时,心中自然开始恐慌。

但还有另一种人,他们随着年龄的增长越来越让人钦佩。他们都是不同领域里的精英,从不需要刻意地展示自己,可只要他们出现,再普通的装束也掩盖不了他们内在强大的磁场。他们用朴实的质感、内在的能量感染着你,让你不自觉地聚集在他们身旁。

怎样能成为他们?

我也想,但始终没有答案。至少我们认可这样的人,并想成为他们,这就已经找到了自己奋斗的目标及方向。

也许我们努力一辈子都无法做到,但一点点靠近就好。

在生活中不断感悟,或许就是向这些人学习的最佳途径。

我喜欢会写文字的人,钦佩他们把文字谱写得如行云流水般流畅的能力,感叹他们从字里行间散发出的内心的静谧,让读的人听见花开飘雨、种子破土的声音。

常人靠五官感受外界，所以看见的外界都会形同，而他们打开身体与外界相融，在他们的书写记录中，读者可以感受到文字的灵动和气息。

以前我不懂，后来我发现，只要清空大脑只保留某一个事物，就可实现物我合一，与书中的事物同呼吸共命运。万物都有灵，走出文字后，你依旧可以感受到它们的脉动，因为你与它们相融过。

行走街头，看场电影，出去旅游，到公务机构办事，与不同的人交流，发呆看雨落，听身边的家长唠叨孩子，欣赏老人们的广场舞……每时每刻身边都穿插着各种各样的精彩瞬间，忙碌会让自己忽视身边发生的一切。

放慢你的脚步，你可以不花成本地从别人上演的故事中静静地过滤沉淀自己的人生。

我常在别人的橱窗里学习软装的技巧，常在别人的相片里学习构图的方法，常在别人的故事中了解人生百态，常在……只有肯静下心来感悟一切，自己才会变得更好。

女 人 向 上 法 则

任何学习，都应该以明确结果为前提。

我们学习的关键是把好的东西收集、整理并分类，再把它深刻记忆在心中，以备不时之需。不经思考、拿来就用的做法必定会让自己混了概念、乱了方向。

学来的东西永远是自己的，它将浸入你的肌肤，溶入你的血液，潜入你的灵魂，点滴成就你的未来。

放慢你的脚步，你可以不花成本地从别人上演的故事中静静地过滤沉淀自己的人生。

在生活中不断感悟，是优化自己的最佳途径。

从逛超市感悟到的管理方法

> 整合组织架构，整合客户资源，整合线索——通过一次闲逛，学习到管理客户从进店到出店全过程的方法。

有次去了湛江本地一个生存多年的自主超市——昌大昌。

在国际大品牌超市（沃尔玛、万佳等）的强势竞争中，很多曾经叱咤风云的自主品牌都因价格、管理、财力等各种原因逐渐隐退江湖。但昌大昌，却存活得如此坚挺——从停车场到商场，人群如织，一片繁忙。

陪家人闲逛，顺便认真研究一下昌大昌的兴旺，从旁观者的角度总结了可以让我们学习的三点精髓：

规划布局清晰

作为顾客，当面对众多的商品时，很容易出现找不到自己想要的东西的情况，这样就会因迷失方向而丧失购物的愉悦感。尽管现在每个行业都有众多典范或案例供参考学习，但教条般的规矩只可以在运作前期遵照执行，运行一段时间后一定要根据自身的实际情况做出调整。

每次去昌大昌，我都会发现布局有略微调整。这次有两点让我印象深刻：一是在三楼到二楼的楼梯转角处，以前只是零星摆放着一些出镜率较高的进口食品，由于不成规模，且位置较偏僻，少有客户问津。这次进口商品区域扩大了许多，且标示醒目。商品涵盖了食品、日用品、护肤品、调味品等不同种类，让日常喜欢进口商品的客户群有了选购的专属地，而且价格也比其他进口商品专卖店便宜很多。最重要的是考虑到消费德芙巧克力的客户与消费进口商品的客户相一致，因此这两类商品的专属区域紧挨着。这样的区域规划让两类商品互相依靠，销量以群体共享而提升。

二是植入性的商品陈列。琳琅满目的商品陈列，除了遵循生活用途和方便存放的摆放规则外，还会有各类促销产品堆头的陈列形式，这样就可在顾客的来往中加深其对商品的印象，就像电视剧一定会植入广告一样。但就是这样的强行植入，也会起到提醒顾客因为需要或优惠力度大而购买家庭必需品的作用。

这种方法很值得我们学习。例如可以在客户休息区摆放一些汽车的相关附件，充分利用时间和空间，这样也许会提高进店客户的单车产值。

区域互动生动性

繁荣的商场都有一个共性：气氛活跃，花草绿意盎然，处处一派生机。而很多生意清淡的场子却如一潭死水，没有动感涟漪，越静就越清，越清就越静。所以我们常说人气旺生意才会好。尽管昌大昌已经顾客如云，但在儿童玩具的区域里，又新增了很多可供孩子动手实践的互动游戏项目。当孩子游玩时，家长便可在等待的空闲中翻阅图书，这就带动了旁边图书专柜的业务发展，真是一举多得。

熟食区的景象更是热闹非凡。去时正值午饭时间，超市内天南地北风味的粉、面、饭、小吃、炒菜应有尽有，不亚于一个美食城。超市里所有原材料都是菜农直接上架的，蔬菜明码标价，干燥未经水洗，这样可以保持蔬菜新鲜持久。同时，蔬菜区有雾水喷出，可以滋润蔬菜，保证水分。新鲜肉区域的工作人员着装干净，工作区域各类肉品标注清晰，这样的放心肉客户们争相购买。

进货价格的优势，造就了商品质量过硬，前来购买的顾客络绎不绝，还有很多人对美食慕名而来，这样一个饮食区域必定会创造良好的经济效益。

昌大昌如今致力于把消费品源头与消费者终端连成一体，既减少了中间成本的消耗，又最大化地利用了成本优势。这种借助庞大的客户源，把客户日常生活需求做到极致的理念，无人能阻挡。因为它将人们生活所需的全部物质都集中在一条生产线上完成，这种事业的发展能不好吗？

中午，当我回到公司坐在客户休息区喝咖啡时，我看到销售区域里负责卖按摩椅的小姑娘满面笑容地招呼着进进出出的客户。询问后才得知，如今按摩椅经销商的生意极好，万元以上项目都能爽快地签下几单，千元左右的小单更是每天都有。

看到这样的情景我不禁感叹：奋斗了多年的我如今也拥有同样可观的客户群，而且多年的用心得到了一大批客户的认可与支持。作为回馈，我们如何给这些客户在进店、用车的过程中进行从源头到终端的整合？这是一项从盖单栋房到建设一座城的伟大工程。

这一年，公司年主题为"整合巩固"。但半年过去了，其实这四个字的注释并没有真正开始。整合组织架构，整合客户资源，整合线索——也许通过今天的闲逛，管理客户从进店到出店全过程的方法值得学习。我要静静地深入思考这个问题："圈成一座城"，坚固牢靠，风雨来时，一座城定比一栋楼坚强。

女 人 向 上 法 则

教条般的规矩只可以在运作前期遵照执行，运行过一段时间后一定要根据自身的实际情况做出调整。

跳出烦躁,苦海不"苦"

征服它,挑战在杂乱无章中发现重点,把挑战生活逐渐变成惯性思维,最终让自己成为自己的救世主才是最靠谱的结果。

很躁。

究其烦躁,只是一个原因——自己计划的事不能如期完成,而且又堆积了许多要做的事,于是件件都变成了急事。忙乱中应接不暇,晕了头、没了方向。时间越紧,反而越不想做任何事,但责任意识却在脑海中无休止地谴责自己,于是越来越躁。

现在,堆积如山的事一件也未处理,焦躁的我,干脆放下一切,做一件闲事——"码字"。

既然要码，就要认真地码完，至少一小时后，我做成了一件事。这要比什么也不做干坐着自责要强得多。

对简单清雅的东西，哪怕是一堆毫无章法存在的人、物甚至是空间，我都有信心去拿捏把握，最后将他们最好的一面在一个与众不同的整体环境中展现。

俗话说：不是做得了鲍鱼龙虾的人才叫顶级大厨，能把最普通的白菜萝卜做得被人称赞的人才是真正的厨师。我应该就是后者。但我对杂乱的课题却无能为力。面对一堆色彩各异、形状奇特、材质迥异的东西，让它们在一个完全没有共同点的环境氛围里和谐共处，且没有违和感，这将是怎样的一种高超绝技啊！

如果身处这样的环境中，我就会如这里的某一件东西，缥缥缈缈、人云亦云，没有主张、失去方向。因为我根本没有能力跳出这花里胡哨的迷局，自己都需别人搭救，又怎么以主导者的身份去冷静地安排这独成一系的绚烂风景呢？

所以我特别佩服那种被别人当风景看的主儿，他们总能在万般零乱中把一切迥异的杂乱安排得如诗如画。

之所以提到以上这些看似与我今日浮躁主题无关的事，是因为我的不善证明了自己在被身边的琐事困身时，根本没有能力自救，而救世主只会出现在童话里。所以，我必须征服它，挑战自己在杂乱无章中发现重点，把这种挑战逐渐变成惯性思维，最终让自己成为救世主才是最靠谱的结果。

生活与工作从来都是相通的，我从来都这么认为。

当今前行路上，"套路太深"让行走的人胆战心惊，担心随时有踩雷掉进深渊的危险。这种套路，是别人给你设下的局，我们有时小心翼翼也难以避免。事实上更残酷的是，我们也常在不经意间为自己设局。当一件件烦琐的事务堆积成山时，我们就掉进了这种自己亲手搅起的大漩涡中，失去中流砥柱，难以纵观全局。

所以，为了避免这种情况的发生，我在反省：

一是所有杂乱不能累计叠加到超过自己的高度。及时处理每一件事，不管用何种方法，甚至是付出一个巨大的代价，也要彻底解决掉。

写到这时，脑子里突然浮现出小时候玩的游戏——"俄罗斯方块"。在空间足够时，我们可以轻松应对，并有足够时间去思考如何应对每一个方块的掉落，但当处理的结果不完美时，空间给予你思考的时间就越来越少，但方块却一如既往地掉下。

这时游戏者便会手忙脚乱，无法冷静，于慌乱中一步步走向失败。而此时若可以用游戏金币去兑换一些喘息的机会，重新去整理被打乱的局，还是有一线生机的。尽管这个代价可能是失去你之前获得的一切，但为了获胜，我会愿意。因为，有什么比活着更有机会呢？

及时将问题处理掉，才不会被湮没在无力脱身的困局中。

二是如果无力扭转被湮没的局势，最后的选择可以是按下暂停键，让自己暂停挣扎，爬出漩涡，坐在岸上喘口气，给自己点时间冷静思考、调整心情，让自己慢慢地恢复元气，清醒地分析解决，找到主导这场漩涡的暗流，全身心地主攻要害，尽量早日让急流平复，让生活回归正常。

其实，现实中，努力了不一定就能脱离苦海。所以我宁愿相信苦海无边，做好准备了，苦就不那么苦了。

之所以有这番感慨，是因为我刚从急流漩涡中奋力爬出，怀着看风景一样的心情苟延喘息，写点胡言乱语分散一下我消极的情绪，然后再跳进急流中继续全力地向目的地游啊、游啊、游啊……

> **女 人 向 上 法 则**
>
> 所有杂乱不能累计叠加到超过自己的高度。及时处理每一件事，不管用何种方法，甚至是付出一个巨大的代价，也要彻底解决掉。

生活枯燥，唯有进步可解

无论世事如何变迁，命运始终垂青勇于尝试改变的人。

平板撑这项懒人运动让我在刚开始的每一秒都备感煎熬。为了延长平板撑的时间我尝试了不同方法，很快就发现边看书边撑（尽管阅读没有质量），居然能慢慢地从原来的一分钟坚持到两三分钟了。

道理就是，当你觉得快撑不下去的时候，试试做点其他事来转移注意力，让精神和肉体都缓口气。

昨天运动结束后，发现手肘在垫子上留下了两个凹印，这说明全身重量都集中在这两个点，因此，不改进将很难更进一步。

今天，我尝试将重心转移到腹部，尽量吸气提神。经过调整，今天的纪录轻松延长 20 秒。

不断反省、不断改进、不断成长，增添了我更好掌控自己的身体和生活的信心。

跟绝大多数人一样，我每天也在重复昨天的生活。在这样的明日复明日里，只有两种选择：消极地被征服，或者积极去改变。

消极的人，厌倦这日复一日的重复但又逃不掉，只能无尽地抱怨和怠工，这死水一样的重复就成了枷锁，属于他的只有碌碌无为的一生。没有改变的胆魄，人也就失去了掌控命运的主导权。

积极的人，会在每天的枯燥无味里琢磨如何提高效率，如何更好地满足客户需求，如何更好地配合同事工作。不仅要学会大胆思考，更要勇于将设想创新应用于实践中，这样一来，枯燥重复就变成了验证设想的最好助手。试错，下次就绕行；试对，同事夸赞，客户表扬，工作效率大大提高，加薪晋升，乃至于自己创业。

如今的我能在商界拼下一亩三分地，成为自己命运的掌舵者，就是得益于自己能在枯燥重复里坚持自己成长的初心。

无论世事如何变迁，命运总会垂青勇于尝试改变的人。每天进步一点点，你就值得拥有更美好的未来。

女 人 向 上 法 则

当你觉得快撑不下去的时候,做点其他的事转移注意力。

不断反省、不断改进、不断成长,增添了我更好掌控自己的身体和生活的信心。

消极的人,厌倦这日复一日的重复但又逃不掉,只能无尽地抱怨和怠工,这死水一样的重复就成了枷锁,属于他的只有碌碌无为的一生。没有改变的胆魄,人也就失去了掌控命运的主导权。

无论世事如何变迁,命运总会垂青勇于尝试改变的人。每天进步一点点,你就值得拥有更美好的未来。

感悟费城交响乐

在音乐会的两小时里,我经历了一番刚柔并济的洗礼,如灵魂出窍般。所以,音乐会结束后,心灵如沐春风,干净得没有一丝尘埃。音乐无国界,这的确是真的。

托别克研修班的福,昨晚第一次在现场听交响乐团的音乐会,还是世界交响乐排名前十的殿堂级费城交响乐团的演奏。说实话,在此之前我除了知道是众人在台上演奏外,其余一概不懂,同时也担心自己因为缺乏高深的音乐造诣而在现场睡着。

演奏共有上下两场,分四个乐章。欣赏过一场顶级交响乐后,震撼之余还有了以下三点感悟:

1. 真正体会到书中常形容的音乐"行云流水"的含义。以前听说过音响设备要有环绕声才有立体感，交响乐演奏却没有任何扩音设备，从同一个方向发声，通过轻缓、柔软、快急厚重等多种方式，将不同声乐或轻拂缭绕或鸟跃虫鸣或排山倒海地传到台下千人的耳畔，使听众成为乐章中的共同体，与之共鸣。

2. 第一次听交响音乐会，很幸运地坐在了第三排，这样不仅可以近距离接触到声源，而且可以清楚地看到台上每个人的表情动作，甚至头上的汗珠。在整场音乐会中，费城交响乐团的指挥家雅尼克·涅杰瑟贡，在指挥过程中时而狂热颤抖、时而微笑、时而愤怒，有时龇牙咧嘴、有时闭目、有时瞪眼，在陶醉中将全部身心投入乐曲的指挥中，节奏及情绪相融合，不知是他控制了音乐，还是音乐控制了他。

3. 曾闻指挥家是一个乐队的灵魂。一个顶级的指挥家，乐曲环绕到哪里，他就能控制所到之处的听众的灵魂。所有的听众，都沉浸在了乐曲的荡气回肠中，甚至一度忘记了呼吸，全场除了乐章，鸦雀无声。一首乐章结束，方听见四面八方传来厚重的喘息声、感叹声、咳嗽声，这就是灵魂的力量。每一首乐曲结束，雅尼克·涅杰瑟贡都会在原地一动不动地低头沉静片刻，我猜想是每首乐曲表达内涵不同，下一首乐章开始，意味着指挥家残忍地将自己从上一首乐曲中剥离出来，再马上进入另一首乐曲的境界，这一定是个很痛苦的过程。对于常人，也许这只是短暂的30秒，可对于雅尼克·涅杰瑟贡却是煎熬。

在音乐会的两小时里，我经历了一番刚柔并济的洗礼，仿佛灵魂出窍般。所以，音乐会结束后，心灵如沐春风，干净得没有一丝尘埃。音乐确实无国界，虽然我至今也无法记起交响乐队演奏的曲目，但这并不影响我对它的热爱。听完音乐会的晚上，我一夜无梦，睡得特别香！

习惯成就梦想

生活总要有些习惯,别丢了,它越来越多时,就成了故事,成了你不知不觉中最大的财富。

一、承载着记忆的备用扣

我一直都有一个习惯:凡是买了带扣子的新衣服,都会将那枚备用扣剪下来,放在一个固定的收纳盒内,以便扣子不小心掉落后及时补上。但事实是许久之后备用扣保存完好,而衣服却早已没了影踪。于是留下了满满一盒五彩斑斓的扣子,那一粒粒备用扣记录着曾经买过的一件件衣服,粗略计算,千千有余……

二、督促我成长的写字习惯

从开始工作起,就养成了及时记录生活点滴的习惯。每天如山的军令、大大小小的计划安排、灵感偶发的心情语录、四面八方或深奥或肤浅的学习、大小会议的讲话稿……都记在了黑色的笔记本上。它们承载着我做过的工作、受过的委屈、得到的嘉奖、分析的数据、语重心长的谈话和见过的各种人,见证了我工作19年来的所有成长足迹,摞起来约有一米高。

经常写文字的我从来没用过超过5元的黑色水笔。也曾买过一支昂贵的墨水笔,但它没有带给我更高的使用价值,反而是小心翼翼的呵护。但最终笔还是丢了,我也没有兴趣寻找。这让我明白:凡物失去本分再金贵也无用,倒不如一支笔套,简单、实惠、可循环使用。笔芯一盒盒地买,一根根地用,用完便随手放在空盒里,时间久了,留下的一盒盒空笔芯像光荣的战士,它们用自己的生命铸就了这一米高的"思想精髓"。

三、记录足迹的飞机票根

几乎每月都要远行,登机牌也成了我习惯性保留的东西,回来后也是随手丢进一个柜桶里,如今也厚厚一格,它记载着我四处飘荡的足迹。

飞机出行,凡需托运的行李,行李箱都会被贴一标贴,上面有出发城市等信息。跟随我多年的行李箱上的伤痕与标贴让它更加厚重,我喜欢这种真实斑驳的沧桑——如果一个箱子有阅历,有故事,是否就意味着拥有了生命?

某日，中国好婆婆帮我整理房间，看见贴满横七竖八各种贴纸的箱子，极其耐心地把上面的标贴一张张撕下，用牙膏、洗衣液，甚至钢丝球终于把这些顽固的贴胶处理得干干净净。从此，箱子重生，这么多年的故事没了。每去一个国家，必会买一套咖啡杯回来。三层架子上的各种风格咖啡杯常让我想起异国他乡相遇的那些人，啃过的那些面包，见过的那些新奇……

四、爱的明信片

无论在世界的哪个角落，我都会给同事朋友寄张明信片。这张小小的纸片带着某个国家的温度与记忆漂洋过海辗转各种肤色的手，最终落入我思念的人的手中。他们兴奋不已，当然会有某张明信片，掉进海里从此杳无音讯，于是，十几年下来，比比谁手里的片子多成了他们引以为豪的游戏。

这个世界爱着我，我更爱这个世界。爱我的人带上我，我们无所畏惧，所向披靡。

我还存着小时候所有的信，所有别人送的礼物，所有发黄的相片……那些攒过的烟盒纸、糖纸、邮票，画过的画，写过的诗，孩子写给我的小纸片……我喜欢看见它们一点点累积，每一个物什都可以让我回想起那时、那人、那种心情……

生活总要有些习惯，别丢了，它越来越多时，就成了故事，成了你不知不觉中最大的财富。

我相信，梦想，会因为这份习惯而得以实现。

第二篇 女人向上，做什么像什么 | 047

女 人 向 上 法 则

生活总要有些习惯，别丢了，它越来越多时，就成了故事，成了你不知不觉中最大的财富。

学管理,常总结

与时俱进、爱上生活,在思考怎样把生活过得有趣的同时,你自然会知道如何将工作做得有趣,这样才有持续的生命力,有了生命力才能一直旺盛下去。

专注成就品质

> 这种孤注一掷的专注，成就了德国品质文化，"值得信赖"成了所有德国制造的共同标签。

我去德国是纯正的商务考察，为期两天。在博世物流工厂、检测中心、培训中心学习，说句实话，专业技术类学习实在有些难以消化，只能挖空心思去学学技术表象后的管理。

我们谈了太多德国的严谨，想说说这两天的另一感悟——"专注"。

有很多优秀管理经验值得学习，但我只说一个小现象。在所有参观过的工作场合，所有的工作人员，包括接待访客、负责后勤的人员，我从没有见过他们的手机，没听过他们打过电话，更没见他们玩过手机。甚至在离他们很近的时候，我仔细观察了每个人的口袋是否有凸起的痕迹，但都没有发现。

这只是不值一提的小事，但我想说：他们在做一件事时如此专注，决不会见缝插针地去做其他事。

常听人调侃，德国人的脑袋是方的，意思是不灵活、不会转弯，可正是这种孤注一掷的专注，成就了德国品质文化，"值得信赖"成了所有德国制造的共同标签。比如，博世设备、大众汽车……

能够根深蒂固的才叫文化。人能创造物，物也一定会成就人。人和物彼此终身受益，这也许才是品牌的真正含义。

资源的祸害

资源是财富，资源也是阻碍进步的祸害。

这个道理有些无趣，谁都明白任何事物都有两面性，辩证地去讨论正反其实是十分矫情无聊的事情。但就这几日所见，有所感触，始终在脑子里盘桓不散，索性啰唆出来。

我们向来习惯将资源最大化利用。比如盖房子，如果有满山的石头，就用石材砌房，于是有了石头寨；如果有成片的树木，就用木头搭建房屋，便有了木屋群；如果海边有很多的石灰岩，甚至会出现珊瑚房子……"靠山吃山，靠海吃海"说的就是这个道理。所以拥有资源并能物尽其用就是财富！那么，"资源也是阻碍进步的祸害"，又如何解释？

很多时候，我们想要一个结果，可身边却没有资源可利用。再说说盖房子，如果我们没有山、没有树、没有建房子的材料资源，但我们必须要把房子盖好，否则冬天来了会被冻死。没有资源又不想被冻死就只能研究可替代资源，于是某年某月某人就发明了钢筋水泥，房子从此不仅建起来了，而且比石屋、木屋都要稳固结实。于是，大家都学会了用钢筋水泥盖房子，反而引领了建筑业的进步。

于是我们说：资源的缺乏推进了社会进步。自然习惯地做好每一件小事，必然成就大事。金融危机发生时，德国是发达国家中受影响最小的。因为德国人擅长与机械打交道，埋头于他们的工业，对那些忽高忽低只见数据曲线的资本泡沫经济不感兴趣。

从工业革命开始，德国企业就清楚，产品技术虽然是核心，但把技术落地成产品靠的是生产，而生产最原始的需要就是"人"。解决生产问题比掌握任何产品核心技术都重要。如何制造出如人手一样的机器？

他们向来善于做此项研究，把要生产的产品拆解，制定成几百道或上千道工序，然后用系统控制在流水线上操作，对每一个取、装、套、压、涂、检工序进行精密的全自动设定。

我参观了博世众多生产流水线中的一条：生产汽车雨刮电机的流水线。我被将近300米长的生产作业线所震撼：身处流水线中，看着每个环节下产品一点点成型，到最后成品完成了包装，一条生产线每小时可组装上千个产品。带着机器温度的产品从进入同样庞大的物流分拣系统，再被送到终端客户手中，最多也不超过五个人触碰。与我们伴行的正是设计这条流水线的博士，他50岁左右，精干智慧，眼睛里装满了平和与淡定。我由衷地钦佩他那设计出如此庞大机械群的头脑！博士的言行举止显现出他严谨的生活和工作习惯。在参观前，他用 PPT 为我们全程讲解，并把每一组人的出入口路线及所用时间都做了详细分点。

自然习惯地做好每一件小事，必然会成就大事。

博士说：这套耗费千万资金打造的新生产线将比原先的设备提升 15% 的效率，减少 10% 的成本，从原先 4 个工作人员减少到 2 个……

我想起了在电视上常见的国内流水线工厂，一条移动的生产线旁站着几十号工人，重复机械地用人手在工作。这样的机械手与机械流水线相比，操作精益的一致性、效率、质量都难以同日而语。因为在国内，最多的资源是人。

上帝创造了人类，是伟大的。而工程师们让机器诞生，让世界进步，更是伟大的。人类开发机器，用机器创造机器，让机器服务人类，周而复始地永久循环，机器可以让人类暂时懒惰，用节省的时间去享受生活，而幸福的生活又需要不断去创新，需要人脑去创造新的机器……

这条新生产线的诞生证明了，在缺乏资源的情况下，人类为了生存会不断逼迫自己创造资源，让资源引领进步。我今生应该没有建工厂、研究自动化或生产产品的机会，心生感悟只是想检讨自己的工作思维习惯：为了达到产值增长、服务提升的目标，习惯性地顺手拈来、滥用取之不尽的人力资源，而没有去思考拆解原有工序进行去繁为简的整合，如今还用员工的多少去界定企业规模简直就是一个幼稚的笑话。

如此，企业工作重点或许不再是思考如何发展，而是集中精力研究如何与越来越发达的头脑博弈。

见识、对比、修正……在未来更好的路上前行。

服务是我们的一切

因为，在中国，除了技术，服务就是根本。如果你丢了服务，就丢了感情；丢了客户，就丢了一切。

在斯图加特的考察任务是跟随一辆大众途安去当地大众授权的正规维修厂做保养，我的身份是神秘客。

维修预约在10点半。我们10点到了，翻译说要等半小时才进去，这是规矩。我们说去试试吧，或许可以提前做。

结果，如愿。

灵活的脑袋是用来破坏规矩的。

好？不好？我也不明白了。

相对中国众多4S店的规模来说，这里最多算是个社会维修厂。工位仅七个，维修工大概也是七个，平均年龄 40 岁，其中有三位甚至超过 50 岁。前台有两张桌，但当日仅见过一位接待人员，年龄也有 40 岁左右。收银及处理文件的一位前台人员，是我这几日参观过的几家维修店里唯一一名女性，粗略估计整个维修厂人数在 10 个人。

配件仓库就设在接待台的房内，玻璃窗很大，可以清楚地看到仓库内的动态。货架多层，摆放整齐，没见过专职配件人员，都由前台人员根据系统下单自动领取。

接待人员认真核对了车辆证件与预约的信息，由于预约是由我们的工作人员发起，信息有误，他认真地修改着相关信息，花费了 10 分钟，我们一直在旁边耐心等待。如果是在国内，客户一定会有些不耐烦，会提议让车先进去做保养，这些手续之后再补。见缝插针、灵活办事、不耽误时间是我们的习惯，所以也造就了一群处处都要灵活的人。于是灵活导致不灵活的人处处碰壁，灵活的人也就越来越没了规则。

这里处处习惯 one by one，我安静地等，你认真地做，一切安安静静，少有急躁的喧哗。

在核对资料时，顾问如实告诉我们："你的车继上次保养后，才走了 2 万公里，如果没有特别问题可以继续行驶 1 万公里后再做此次保养（德国车子维护里程为每 3 万公里，国内 5000~7000 公里）。"在征得我们肯定的答复后，他说 OK。

开始绕车周检。他指出，前窗玻璃有一处很小的已修理的痕迹，并在表单上做了记录。套上两件套（方向盘套、座椅套）后，启动车子，看见仪表处显示灯光故障，便询问车主原因，并做了记录。打开发动机盖，用随身的电筒照了发动机舱内部，我不知道他是在检查什么，印象中我们自己的 4S 店里似乎没有这个流程。然后顾问进了车间，看了看一块挂在墙上的白板（大概是派工记录）把车钥匙交给了维修人员，之后这辆车被这个维修人员开进了车间。

车间内有六台升降机，其中两台的体积比我见过的剪式升降机还要小，液压柱式支撑藏在地下，不用时收起与地相平，很节省空间。这两个工位应该是快速保养的专用工位，流动快，维修时间较长的会被安排在其他工位。车间尽头的墙面上挂满了专用工具，工人使用后会自觉挂回原位。我们的管理，是放在配件部登记领用的。

在这里信任无处不在。

车间面积估计也就 400 平方米，车间内的 5S 管理没有想象中好，甚至不如国内 4S 店。也许人手少，所以每一个工人都有条不紊地忙碌着自己的工作，每辆车就只有一个人在维修，不会出现一辆车同时几人扎堆的现象，更看不见闲散的工作人员。

接待我们的顾问时常会出现在车间里与工人们沟通，我感觉他身上的角色多重：顾问、派工、配料、检验。只有技术出身的人才能有资格做这份工作。

年审检测线是维修厂的专配，车辆需做年审时，客户只需告诉维修厂，就有专业机构年审人员来到维修厂为车辆年审，年审结束后会在车号牌上贴一个圆形标志，比我们贴在前挡风玻璃上要美观。这样的上门服务，当地人自豪地说：为纳税人民服务当然是政府的首要责任，否则选票何来？

40 分钟后，车辆维修结束，维修费用 189 欧（人民币 1417 元），其中工时 54 欧（人民币 405 元），对于 3 万公里才保养一次的车来说，这样的费用还是算经济的。

这里没有花哨的服务，没有专门服务的后勤员，没有客来迎接、客走送别的寒暄，自助咖啡机取代了人工的端茶倒水……所有人都在务实、认真、负责地做好自己的工作。

这么好的习惯，我们可以记在心里。但如果将这些习惯用在自己的店里，可能会从如今的客满盈门最终陷入门庭冷落的窘境。

因为，在中国，除了技术，服务就是根本。如果你丢了服务，就丢了感情；丢了客户，就丢了一切。

工作,需知行合一

工作就是用以致学,学以致用。

孜孜不倦地学习

感谢别克给了我外出学习的机会。开阔眼界、学习新知识的同时,我从中对比,不断找到自己的不足,产生了新目标、新认知和新方向。

在对知名企业方太的走访参观学习中,我看到生产线车间本应只有冰冷的机器及机械操作的工人,但各种颜色的整齐规划,车间休息室里温馨的图书一角,墙面上丰富的人文制度的公告张贴及面带微笑的操作工人,都传递给我产品自带的快乐温度。

方太的文化展示厅让我明白了产品有温度的原因。这是一家伟大的企业，"因爱而伟大"的企业精神影响着这里的人、物、产品。

信仰一致，所以行为一致。一个企业上万人，遍布在世界的各个角落，可以同心协力地遵照同一目标前行，靠的是共同的精神信仰。80岁的创始人茅理翘老人，敬业的他用铿锵有力的声音给我们上了一节课后，更印证了企业精神领袖的重要性。

老人由两名助理人员搀扶着进入孔子堂，瘦弱精干的他穿着白色的中式长衫，由于常年伏案写作，眼睛视力很低，所以老人的眼神有些苍老的混浊。

在孔子堂的尽头，左边有尊孔子的铜像，之前以为这只是一尊象征性的摆设，但当80岁的老人走到铜像前，深深地、缓慢地鞠了个躬，不知为何，此时我眼里全是被感动的泪，止不住地夺眶而出。80岁的高龄老人被我们众人敬仰，但老人却毕生不忘对自己信仰的崇敬，这种精神深深地感动了我。

方太，因为拥有共同的信仰，所以伟大。

18年的金富，虽然还很年轻，但从创业的第一天，"因为我们年轻，所以我们能为您做得更好"的精神就一直指引着我们，从没改变过，哪怕18年过去，我们永怀年轻谦卑之心，好学上进，为的都是能一次比一次为您做得更好。

大家或许都知道这句金富精神，但能不能都正确地理解，没有人去检验过，所以我们并没有同一信仰，更没有让志同道合的大家这同一信仰而感到荣耀与骄傲。

我们离伟大还很远，但我们也希望走在成为伟大企业的路上。参观学习回来后，我一直在反思与总结，并努力付诸行动。

建设共同空间，让金富人金富客户都能以统一的口径正确了解金富，历时两个月的筹备、规划、收集、修改、装修、代言人选拔、历史解说、全员学习之后，这个记载金富18年历史的生活足迹厅，终于落成了。当我听见解说员可以流畅地向众人讲解这18年时，最想感谢的是昨天那个认真努力的自己。

足迹厅落成时，正逢十九大召开，习大大说：不忘初心，砥砺前行。

在研修班的课题研究中，我把人才储备问题作为小组的研究课题。我没有把它当成一份应付差事需要在时间节点上交的作业，而是想借助小组中的精英人才，共同探讨、认真分析，努力找寻解决的方法。

在为期四个月的学习中，我们也把这项课题研究按照之前的思路方法，一步步地落实到实际工作中，把有潜能的人员分成三个梯队，进行不同的培养管理。

这样，金富在项目上、文化上还有人才储备中都可以源源不断地供应所需资源。这是任何一个企业都应该先去规划的，而不是壮大中才发现人才力量后备不足，意识到人员储备的重要性。

但不管早发现还是晚发现，只要发现并且马上去整改，就不算迟。出现问题后，抱怨永远没用，最有用的就是自己想办法改变这种局面。

现在，第三梯队的基层储备优秀员工的培养计划已经开始了。虽然研修班已经结课，但接下来的日子，我们会坚持将这一系列的计划落实下去，这都是我学以致用的收获。

在研修班最后一堂"共享经济"课上，我被一个叫谈倩的80后投资家做的分享震撼到了。她是我承认的我所见过的第一个美貌与智慧并存的女人。她的专业知识层面就不去赘述了，这些百度上都有更详细的资料。

我只想说的是，台上的她始终面带微笑，讲着一个颠覆社会行为习惯的庞大专业命题——共享经济模式。她是最有资格上这堂课的人，因为她是开启中国共享的第一人，她的经历是强悍的——清华经济学专业毕业，Uber 创始人之一，但她的谦和柔软始终无法让人将她跟这些强悍的经历课题相连。

一个 80 后的女子，如此完美地站在你面前，不惊不扰，微笑着诉说颠覆世界的大事，淡定得好像这些事与她没有一点关系。全场 3 小时，她的语调没有过高昂，一直淡淡的，但却始终紧抓着我们听者的心。

这才叫真正的美貌与智慧并存。在谈倩身上，我看到了自己与之形成的差距——强大内心的修炼。强大得根本无惧任何，任何时候都出奇地平缓，一言一行、一颦一笑都牢牢地抓住所有人的心。而我与人沟通时，随着事态发展的程度，节奏时而激昂、时而低落。之前，我还认为这是优点，可以去影响大家。但现在方知，内心强大的人轻描淡写中就可以让众人激情澎湃。

别说男人，我这样一个算见过世面的女人，都对这般女子青睐有加。她的美好让我根本不想眨眼睛。

在研修班我还认识了一帮优秀的同学。除了学习以外，我印象深刻的是，每天早晨 6 点，在酒店的健身房，总会遇见同学们。我们都是投资创业者，也许是有着充足的锻炼时间，也可能是更注意自己的生活质量，或者是更关注自身健康及影响力，总之，我们都有着相似的生活习惯。

我很欣慰，可以在这个年龄，进入这样的行列。人生，每一个人，都要经历从小变老这样一个过程。令我欣慰的是：自己可以比同龄人早十几年感悟到人生法则，就意味着可以多争取十几年的时间去享受生活。

内化于心的致用

金富的塑建年，旨在塑造我们的内心，强化我们的精神，为了 2018

年的立新做好起跑的准备。在年终，我们所有管理层，参观学习了湛江的知名饮食行业，一个我很敬佩的企业——御唐府。

之所以敬佩，是因为御唐府员工那积极向上的精神感染着每一位食客，因为这样的统一性，让我们相信御唐府产品的质量。这就是最有价值的品牌力！

而他们是如何做到的呢？带着这样的疑问，我开始认真地研究。发现与之前参观过的方太企业一样，他们都有着同一信仰的指引和全员责任意识的培养。全体员工因御唐府而感到自豪，御唐府又为全体员工而骄傲，归属感与荣耀感在每个御唐府人心中存在，还有什么指令做不到的呢？

在一个交流会上，御唐府及金富的所有中层管理人员都参与其中，御唐府人员连掌声都可以整齐划一，相比之下，我们就显得游兵散将，这就是我们的差距。

我开玩笑说，如果现在御唐府人与金富人打架，两个老板同时说："打！"金富人可能会停顿10秒，然后有所怀疑地开始行动，但御唐府人听到口令，会不假思索地撸袖子，这就是团队的差距。就在这质疑及迟疑中，全军可能就已经战败。

这次的学习及玩笑，让我深刻感知：企业在管理人员时，虽然不能了解每个人的想法，但打造一个有执行力的团队，我们必须从统一规范行为开始。

首先找到最简单的事，让每个人都学会按照标准去做，把每一个行为都要求规范统一，从而树立大家严谨做事的思维，在检验的过程中，从这个有标准的动作来观察员工的态度与责任心，观察出这个人员是否可以承担更大的重任。

当然肯定会出现不能领会要求、不愿去配合的员工，我们也可以从中淘汰这些行为不相符的人。如果连能看见的行为都不能一致，如何管理看不见的思维呢？

金富全员开始做同一件事，学习第九套广播体操。于是每天，第九套广播体操的口令声都会准时在清晨响起在金富所有大大小小的角落。

心要与行为相一致。行为一致了，心的统一才有可能。

通过操行的训练，所有金富人的执行能力得到了很大的进步，相信它能为 2018 年的塑建年打下坚实的基础。

这一年，身边的将军们在成长！

这帮在我身边 10 年以上的将军，得到了不断的成长。因此，我要不断督促自己要更加进步，才能引领他们走向更高更远的地方。

我总想，怎样才能把这毕生事业交给他们？他们必须要时时刻刻督促自己努力进步，而不是固守自己多年开拓疆土所形成的经验，不愿接受新事物，更不能允许他们在某个项目失败时不反思、骄躁不安。

越来越独立的他们，自信有气场，已经有大将的风范，但谦卑应永远都在，要相信深藏不露的人常常就在身边。

送他们出去学习，让他们看见更广阔的天空，让他们学会如何生活，明白如何平衡生活与工作之间的关系。我们应大声告诉他们，一切的努力都是为了生活。

如果自己不能活得有趣，身边的人也无法感受到工作生活的快乐，没有折腾与变化，时间久了，再强大的人也会心生疲惫，有能力的人也会离你而去，谁愿意接受死水一般的生活？

今年 41 岁生日，这些喜欢瞎折腾的将军，居然搞了个隆重的 Party。男将军们穿礼服，个个白衬衫戴领结；女将军们穿紫色礼服，个个小露香肩。我从一个饭局上赶回来，被他们强迫换上正式的礼服裙，在长长的西餐桌上，接受他们贴心的生日感言，这场面真是隆重。

晚宴后，一帮小鬼上演着"各路神仙齐贺寿"的大戏，着实把我逗得前仰后合。

我喜欢他们，喜欢他们这样瞎折腾，喜欢他们用心去做任何一件事，喜欢他们已经知道了生活该怎样才会越来越有趣。未来，我们都会为自己今天的努力感到骄傲。

有位老师说过：昨天的辉煌靠你们，但同样也可能会毁在你们手里。这个"你们"指的是昨天与今天不变化的自己。所以与时俱进、爱上生活，在思考怎样把生活过得有趣的同时，你自然会知道如何将工作做得有趣，这样才有持续的生命力，有了生命力才能一直旺盛下去。

女 人 向 上 法 则

自己可以比同龄人早十几年感悟到人生法则，就意味着可以多争取十几年的时间去享受生活。

心要与行为相一致。行为一致了，心的统一才有可能。

与时俱进、爱上生活，在思考怎样把生活过得有趣的同时，你自然会知道如何将工作做得有趣，这样才有持续的生命力，有了生命力才能一直旺盛下去。

懂生活,品美好

生活有趣与否从来不在于生活,而在于过生活的人。有趣的人在孤独中都能快乐地与万物对话,而无趣的人在繁花似锦中也只会孤独终老。

感悟书魂

> 读书，不管是读得心花怒放，还是浑浑噩噩，只要读下去，都会有收获。

看完这本 18 万字的书，花费时间也就 4 小时左右。如今的读书速度，实在有些对不起写书人，因为饱蘸血泪的一本著作如果烧了它，听说可以生出舍利子。

集结者用心寻觅了 37 篇精粹文字，或柔顺得行如流水，或尽兴得大汗淋漓，或细致得可观肌理，或渊博得生僻莫测……总之，是学习写作的好书。

37 位作者 37 个脑袋，短篇太短，稍有感觉却又戛然而止，像干咳了许久，终于一口痰要吐出，却又被硬生生地咽下去。而没有感觉的段子，几页纸也不知所以然，弃之可惜，嚼而无味，还只能怪罪自己学识肤浅，越读越委屈。

　　码字这项本事，若到了成书的层次，几十万字，虽然风格在游刃有余之间变化，但总该有个核心的书魂在，否则很难在看客的脑中生根发芽。

　　我对书中新晋的作者颇感兴趣，因为文如其人。脑中会对作者有些自画的影像，翻篇时将现实与理想做个核对，是个检验阅人读心心理分析的好试题。

　　读书，不管是读得心花怒放还是浑浑噩噩，只要读下去，都会有收获！不信，你试试！一本不行，两本、三本、四本……

——读《疲惫生活中的英雄梦想》 十点读书作品

美物抵心

  敬佩手艺匠人，是因为喜欢他们执着用心，打造有着他们体温的作品，件件都是有生命的，正如花花世界的你与我一样，绝无雷同。

  书阅毕，习惯就着书的温度，写点可以留下的东西。
  最近看了很多工匠类的书，从何时开始关注手艺匠人，还真是好好回忆了一下。应该是在去大理的某次旅行中，当走在古城街上，发现那些留着长发、戴着老花镜、满手老茧、满身灰尘的皮匠、铜匠。
  门里生意清冷，门前曾种植在土陶罐的小花小草，也枯叶凋零，正如店内老师父灰沉沉的脸。几辈子靠一双手敲打出生活中的一分一毫，几代被人尊敬的手艺，在如今快速消费品的年代，显得如此窘迫，甚至后继无人。

其实，这里陈列的每一件作品都独一无二，款式用料虽然传统简单，但相同的是每一个作品都真实厚重。它们落满了灰尘，偶尔会有穿着光鲜的时髦小年轻走进来，老师父头都不用抬起，"闻着味道，听脚步声，就知是不是有缘人。"师父不屑地说。

虽然很少有人会把它们带走，但老师父们每天都在打磨。在他们眼中，这些俨然是作品。不管多少人认为它只是一件落满灰尘的商品。

那次后，又看了一部《百鸟朝凤》，更加想了解他们，对于各种匠人及匠人工具的兴趣一发不可收拾。

这本书述说了日本的各类手艺匠人，包括食、穿、住、用……全凭自己双手去创造美物。字里行间，匠人们都充满了自信，他们专注于自己的作品，像对待新生命一样用心雕琢，手下的物件在一刀一刻中成形，并拥有了与他们精神相通的灵魂，活灵活现地出现在世人面前，传承着他们的灵气。

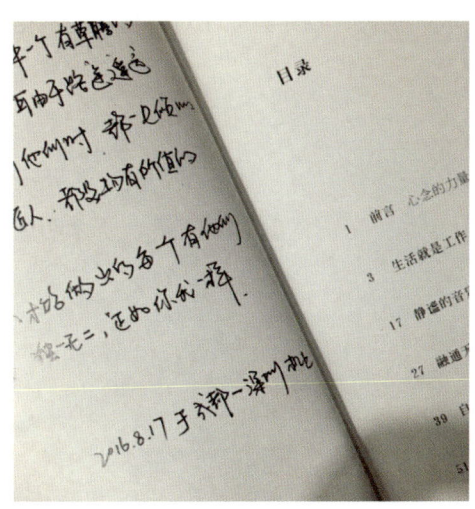

看完这本书，很想去趟日本，见见匠人的生活。书中，他们的生活是那么精致，与我的所见是那样不同。匠人们共同的是对自然的尊重，木器保留树木的疤痕，染布用采摘的花草，铜器上遗留着锉子的刀痕，土陶上流着坯泥的泪痕……他们设想原坯可以完成他们脑中已有的想法，但随着一刀一刻、一捏一揉、一针一线，成品却越来越依从原料的脾性，没有刻意却生出世上很多的独尊。

正巧在出差日，抽空去了成都的方所书店。铺天盖地的书，让我应接不暇，还有各类与生活相关的美物，手侍弄其中，就不舍放下，想件件收入囊中。

其中三件，我久久不肯放下。其中两件是日本匠人的作品，一件是质感厚重、手工打制的铜杯。杯上锤击出不规则的印痕，杯子外侧则用陶泥包裹了一层，铜的硬与泥的软恰到好处地相融，特别喜欢它的厚实感。另一件是博朗狮的咖啡杯，喜欢设计师的无厘头，色彩艳丽的抽象图案，轻骨瓷，常想用它装上咖啡送到嘴边的满足感。另外一个来自中国设计师，有草藤提手的泥陶摆设，可以种些小花，放些杂物。可担心路途遥远打碎了去，便恋恋不舍地放回了原位。

这些匠人打制的物什，让我一见倾心，虽然价格远远高于它们的用途，但就想拥有它们。它们跟随我不会成为摆设，物尽其职才对得起它们不花哨的真实。

——读《美物抵心》　赤木明登

愿如这般女子

> 愿做个如她般的小女子，安静淡然，随遇而安。

把文字写得可以看得见毛细血管，这会是怎样的一个用每个细胞去感受生活的女人啊？

读她的文字，就像看一部超清晰的5D文艺影片。写凉风拂过，你的发丝会有撩过面的微痒；写清晨的绿意，你会感受到雨露润湿衣裳；写藤蔓纠缠着原始丛林，你会闻见草木原香；写落叶的金秋，你可以听见脚下的枯叶沙沙作响；若写个猫儿在阳光下脚丫边倦怠，马上就有那一呼一吸的暖暖喘息……

心惊，这般女子。用每一个细胞去感受万物，让人敬佩也让人远之，因为那一针见血的敏锐，不惊不忧、不言不语，就可以把你的所思所想剖析个痛快彻底。只是，有多少人敢于去面对那个最真实却并不光鲜的自己。

心疼，这般女子。自身再轻微的痛，也可以在内心揉捏千遍写到心碎了一地；再无心的话，也都能把它咀嚼成汁写成一段悲悯。就如她那篇跳舞的微尘，活生生写出不懈奋斗一生的舞台剧。

最终，撂下一句：我们每个人都是一颗小小尘埃，不管命运上演的是悲剧还是喜剧，不管是高潮迭起还是庸常无为，在人生的舞台上，旋转，舞蹈，飞翔，不管最后的结局是什么，我们都倾情地做着自己，不放弃，不抛弃。

怜爱，这般女子。终究明白，才女自古多烦忧，过早地看透一切，如张爱玲为爱伴着她的字孤独终老，多少红颜遭天妒早早凋零。花开花落，一呼一吸，可知细处也有生命，用尽了它们，红尘已无留恋，活着又为哪般意义？

钦佩，这般女子。一字一句我都细嚼慢品，生怕漏了哪句偏离了作者本意。越读下去，越发惊叹怎能把文字写得行如流水，那恰到好处的词语怎能如汩汩清泉取之不尽？这心要有多细腻，这才华……

看了她的字，曾一度没有胆量再去触笔。最可笑的是还常假借江郎才尽为由，或寻一处隐居山林虫啼鸟鸣，或觅一方春暖花开弄潮闻香，美其名曰为码字净空修行。实在是太不自量力！

喜欢，这般女子。搬不动大刀，移不了阔斧，砌不出流芳百世的豪言壮语，花拳绣腿也挥不出一片大好江山，撰写不出一个血雨腥风的朝代。但就喜欢这小女子真实地过着她那低眉尘世，花好月圆，你好他好的安宁小日子。

愿做个如她般的小女子，安静淡然，随遇而安。

——读《低眉尘世 随遇而安》 积雪草

> ### 女 人 向 上 法 则
>
> 愿做个如她般的小女子，安静淡然，随遇而安。

品味自然

做个有趣的人,让我们先从在意身边每一个平凡的事物开始。

一花一世界

每天,要在楼下的小区内绕圈,完成规定的万余步。两年坚持下来,我几乎闭上眼都能在小区里横行,不带脑袋都知道从哪里开始上楼梯,在哪里该转弯,哪里将会经过小广场……很享受一个半小时的孤独,既锻炼了身体,又留出与心对话的时间,清理自己,用这份孤独将脑、心的每个角落都打扫得透亮干净,把整理出来的思绪排列得整整齐齐。只有头脑清醒才能高效地应对每天层出不穷的繁杂。

这一个半小时,灵光闪现过天马行空的创意,豁然开朗地平复过纠结的心情，呈现过精妙绝伦的金句，也会有一片空白的时候。但只要是醒着，总要做点什么吧。于是，我常常会把时间交给眼睛。

和谐的小区里，处处都散发着勃勃生机，不同季节里，角角落落也呈现出不同的风景。心"有空"，才能在万物的世界，感知它们，或从生命轮回中，沉淀自己。

春天，书上都说，小树发芽，燕子回家，但在南方的春天，在一棵树上，既能看见刚冒出的嫩绿小芽，也能看见墨绿苍劲的树叶，树下还常常飘落着金黄的枯叶。印象中的四季，在一个时间呈现在一棵树上，书本上千篇一律的春天模样，蒙蔽了我们几十个春秋。

夏天的雨后，背着重壳的大蜗牛，在小道上悠闲地散步，经常会被匆匆赶路的行人，踩得惨不忍睹，看到壳肉模糊的它们，不禁心生难过。它们应该算是老蜗牛了，不知闯过了多少生死小道，却最终难逃被人踩死的命运。每次都会小心地迈出脚步，还会在见到它们时，把它们移到对面草丛中，或许可以减少它们的灭顶之灾。

转悠了几年，通过参考这里的宠物狗数量，可以观察出小区住户生活指数高低比例。我们小区，狗狗的名贵程度，我全然不懂，但能看得懂的是，它们享受到的待遇，绝对不亚于一个孩子。狗狗们都喜欢闻着气味，寻找一处地方，解决自己的拉撒问题，主人们会随身带着报纸，把它处理干净。可这尿尿，就没办法了，狗狗一下到小区，就会寻找熟悉的地方撒尿。这样某些熟悉的地方就成了重灾区，天气炎热时蝇虫群飞，每次经过这里，浓烈的气味令人必须要屏住呼吸。真想弄明白，如何解决与可爱狗狗和谐相处的问题。小区小广场上，每到傍晚七八点，家长们都会带着孩子，在这里玩耍奔跑。孩子们很快就会熟悉，一起玩游戏，家长们也三三两两地聚在一起，聊着各自的话题。当孩子们因为抢玩具之类的问题闹别扭时，常常会听见大人们说"好东西要大家一起分享啊"之类的教导。

我常常想，孩子们喜欢的东西，在大人眼中，其实都不算是什么重要东西，所以大人们才会教育孩子与别人一起分享。可我们却疏忽了，在大人眼中不值一提的东西，也许就是孩子眼中最珍贵的东西，我们应该俯下身去了解孩子的想法，尊重孩子的意见。换个角度，如果是我们特别喜欢的东西，就算自己再无私，也不会主动去跟别人分享。从小就让孩子感受到被尊重，孩子才会在长大了以后懂得去尊重别人。

每天清晨7点半，在小区一个僻静处，都会看见各种年龄的一群人，穿着宽松丝质太极服，气定神闲地打太极拳。从他们的招式中很容易看出，哪位是初学者，哪位是师父。在意每一个动作，还随时都要紧盯着前方师父的动作变换，一边体会一边模仿，这是初学者。而为师者，心里只有天地之气，收、放、揽、推，手掌中一团气挥舞得得心应手，在他们身边都可以感受到气流的热浪。心里暗自掂量，等我再老些，我必会去学太极，用身体去感应天地之气，聚气在股掌之中，一心一念万物兼容。

一窗一人生

除观察以上的物和人，有一天，我发现每家每户的阳台也格外有意思。

清晨，紧闭的窗帘；傍晚，明亮温暖的灯光。我会通过传出的琴声、笑声、吵闹声在脑里虚构别人的故事，心里不断沉淀着自己的人生。于是，我花了很长时间，观察、总结、验证自己的判断。

初春时节，早上 6 点半，小区尚未苏醒，上方还笼罩着清新、薄凉、浅蓝色的空气。刚刚下过小雨，小径的砖被打湿，成了暗红色，小径旁的树叶，被雨雾呵护绿得发亮。生机盎然的早晨，必须狠狠地伸个大懒腰，精神抖擞地迎接最早的阳光。一路小跑，除了早起鸟鸣，一切都还那么安静。家家户户还紧闭着窗户，严严实实地拉着窗帘。细细打量每一户，像窥视一个熟睡的人，在一草一木中，细细看透这户人家的深处，从表象看本质，虚构着每家的故事。

凡是一楼的人家，大小都有个院子。院子周围种植了很多树木花草，用鹅卵石铺的小路，弯弯曲曲地走向住家阳台。有户人家，院子面积是最小的，门前左右竖起两个罗马小圆柱，上有两个白色大理石盆，盆里种着每个季节都会盛开的小花。这个季节，黄色的小花长满了圆盆，丰盛得像要溢出来似的。院子里，非常有层次地种着各种盆景花卉，盆盆都打理得郁郁葱葱。客厅的平台上，放着一个船木柜子，柜子上放着各种小肉植。门口角落有一张方便穿鞋的小木凳，乖巧可爱地守候在家，像一只忠诚守候着家门的小狗。

院子虽小，却处处精致。小区每户都是统一的白色铝合金窗框，但窗里的窗帘，就千姿百态，像每个人的着装，从中可以看出这家人的审美观。有着美好小院的人家，是小区里唯一安装白色木栏百叶窗的一户，晚上收起百叶，就可以完全遮住光。有阳光的午后，散开的百叶，将阳光折射成一格格，照射在柔软的床上，这样的美景，向来是用来匹配温暖幸福文字的。从这一院角落、一窗木栏，就可以臆想出，这家主人的工作应是得心应手，否则如何配得起这样的精致生活。

有些院子很大，却没有任何花草植物摆设物什，干净空旷，窗明几净。

想必这家主人的所有时间,都应倾注在工作中。平时也是不苟言笑,家里或许还没有孩子,又或者孩子早已长大成人。他们对待自己的生活,就是干净整齐。任何的事物,都要花费时间,消耗能量,所以让一切简单,不添加负担,就是对自己最大的帮助。

二楼有户人家,不大的阳台几乎被晾晒的衣物占满。真不明白,这房子究竟是住了多少人,才会有这么多的换洗衣服。但观察了几天,才发现根本不是人数的问题,而是主家喜欢将衣服攒多,再一次洗完。而后不管刮风下雨,就一直晾晒在阳台上。待几日再洗衣服时,才收下之前的衣服,所以,这家阳台几乎没有不晒衣服的时候。

他家的窗户,时常有印着大金花图案的窗帘落下,却会被飘窗上的杂物阻挡,窗帘乱七八糟地褶皱在那里。大胆猜测一下,这屋主的生活,厨房里油烟层层,可能还有几天没洗的碗筷泡在水里,垃圾桶里,垃圾腐烂,散发出难闻的气味。沙发上的杂物到处都是,还有多日不整理的床,被子床单全部扭结在一起,家里的主人脾气暴躁,天天抱怨,生活处处不如意……

虽然纯属虚构,但应有九成雷同。

别小看一个阳台,它就是你人生的一面镜子。别忽视我们生活中很多角落,它们往往可以最真实地反映我们自己。

一叶一菩提

走过的每一段路,我们身边的一草一木、一人一物,都是千年修来的缘分。若我们视而不见,那生活就会是重复无趣的枯燥,生活有趣与否从来不在于生活，而在于过生活的人。有趣的人在孤独中都能快乐地与万物对话，而无趣的人在繁花似锦中也只会孤独终老。

做个有趣的人，让我们先从在意身边每一个平凡的事物开始。

女 人 向 上 法 则

心"有空"，才能在万物的世界，感知它们，或从生命轮回中，沉淀自己。

别小看一个阳台，它就是你人生的一面镜子。别忽视我们生活中很多角落，它们往往可以最真实地反映我们自己。

生活有趣与否从来不在于生活，而在于过生活的人。有趣的人在孤独中都能快乐地与万物对话，而无趣的人在繁花似锦中也只会孤独终老。

做个有趣的人，让我们先从在意身边每一个平凡的事物开始。

洱海的树

> 洱海湖里的树若要生存,必须在年幼时就潜心钻研如何把根脉扎进深得连水都进不去的土壤里,否则条条幼脉还未成根就将被细浪蚕食而亡命。

某日,在某个婚纱拍摄公众号上看见了洱海湖里的三棵树。于是,想写写三棵树的故事以安抚我思念那片海的心。

第一棵树是我途中偶遇的。这是棵在洱海里几近倾倒但仍顽强生存的歪脖子树。

洱海湖里的树若要生存,必须在年幼时就潜心钻研如何把根脉扎进深得连水都进不去的土壤里,否则条条幼脉还未成根就将被细浪蚕食而亡命。

而这棵树,或许年少放纵,浑浑噩噩不知生的意义。而洱海湖那些临岸细碎的浪，从没放弃过把占领它们领域的生物推倒的欲望，日复一日一浪又一浪拍打着它们。当这棵树只剩最后一线生脉与泥土相连时，或许它幡然醒悟命不该如此，于是奋力抗争，尽管身躯已不再挺直，根系已裸露枯竭，枝叶已知无力回天，早已纷纷凋零、等待死去……

最终，它活下来了，依靠那一线生脉与求生的毅力。而且如今还成了洱海湖那数不尽的树木中让人追寻的励志奇树之一。

枯老的树干依旧，新叶稀稀拉拉却又添了几处嫩绿。远处浓墨苍山，近处蓝天碧水，在这些景色的相衬之下，让人对树再次生出怜惜。摄影师们偏爱这样的残缺，那弯曲的树干正好适于躺卧那些点缀着精致珠冠、穿着轻盈白纱的美丽新娘。斑驳粗糙的树皮与白皙柔嫩的肌肤形成了鲜明的对比。

痛苦陪衬下的幸福是否会更让人珍惜？

另外两棵，苍劲的树干，枝叶繁茂得可以遮天。树顶的蓝，蓝得透心；树下的白，白得纯净，美好得无以言语。看着图片，我决心一定要找到它们。

出租车司机告诉我，它们都在洱海边一个叫海舌的地方。

查了地图，海舌离所住客栈30公里，离双廊40公里。为了这两棵树，也为了更了解这片海，决定骑小电驴去寻树，顺便去了游客必去的双廊。当租车老板知道我要骑它去双廊时，连连摆手：不行不行，太远，会没电。我没敢吱声，双廊是去定了，没电就充电嘛，我还想去环海，到双廊只是环海的三分之一！

开着这小驴啊，心情倍爽啊，就想大声唱那首《我要去大理》……

路上的凉风啊，吹得眼睛只能眯着。路上的细沙啊，吹得嘴巴只能闭着，清晨的那个哆嗦啊，围巾在脖子上已经绕了三圈。最要命的是，为什么头顶上总带着一窝小蚊子在不断打转？难道它们也想去环海……

环海西路，是沿着洱海修的一条平坦宽敞的大道，这"大"是相对乡村小路的"小"而定义的。这大道有时会穿过乡村，白墙青瓦的白族庭院常常探出几枝开得正艳的玫红杜鹃，黝黑肤色背着书包上学的孩子们三两个结伴前行，村落稍宽敞处会见村民散摆些当季自家种的水果卖给途经的游客们。大道更多时候左边是麦田，右边是洱海，正值插秧季节，村民们赤着脚弯着腰一寸寸地把绿色秧苗整齐地插在水田里。背山面海，辛勤劳作，这景象让我想到了八个字：风调雨顺，国泰民安。

真正从大海边来的人，干吗也对这"海"感兴趣？我问过自己，因为这里的空气干净清爽！而那大海，腥、湿、黏、咸、热……

这片海，我除了喜欢海中的树，就是海里那些两头尖尖的各种颜色的小船了。只是如今正是休渔期，小船全被拉上了岸，零散着叠堆在一起。没有船的洱海太安静，树们少了玩伴，懒洋洋地随风摇曳；细浪少了捣蛋，孤单地拍打岸边无趣的石块，整片海缺少了跳跃的活力，像冬眠的海。

生长在水中的树，在湛江也有，我们叫它红树林。它们向来成片生长，如果我们常用青翠来形容陆地上树林的茂盛，那么红树林的颜色应叫墨绿苍劲。根泡在咸咸海水里成长的植物，就像在原始森林恶劣环境里生存的人类一般，肤色要经得起太阳的考验。

而洱海里的树，也会在沼泽里有成片的绿林，但更多的是断壁残垣般的树木：碗大的树桩在水里，旁边还挣扎着几棵同类，稀拉着一些绿叶证明它还活着。青山、绿水、枯树，只有洱海才有的独特景色，残缺是美吗？

存在就是美吧！

海舌，顾名思义就是洱海的舌头，是海中延伸出的一条细长的陆地。

真的去了，景色和途中的无大不同，尽头却有棵石头围起的树，好似被重点保护。难道这就是图片中的一棵吗？树也的确枝繁叶茂，只是似乎跟图片中的雄壮比例相去甚远。心中纵然有疑问，但既然为它而来，就愉快地合个影吧！

站在石阶上，远处是如水墨画般或浓或淡的连绵山脉，脚下是清晰可见鱼儿畅游的湖水。头顶伸展着一片绿意盎然，心特别特别静。迎着风儿盘腿坐下，双手合十，静心感知这人杰地灵的山清水秀。

我在海舌公园里寻了许久，依旧没找到那两棵连心的"夫妻树"。

出了海舌公园，很多当地村民在小道边卖些炸的小鱼小虾，嘴馋，坐下歇会儿。小鱼小虾是湖里的，新鲜。被裹上面粉放在油锅里煎炸到金黄，香香酥酥的，喝着用五个橙子才压出一小杯的橙汁，坐在这路边小板凳上跟老板聊天，甚是舒服惬意。

看见远处田埂边有穿白色婚纱的新娘，这一路30公里，拍婚纱照的准新娘们我至少见了六对。乡村路、茅草边、枯树旁、石堆上，甚至还有调皮新娘骑着小电驴……穿上婚纱往哪儿站就是风景。

在苍山洱海下见证的爱情，新人们应该签署，洱海不枯苍山不倒，永不能变心！

一对新人照相的背景是棵很大的树。

"这是那对夫妻树？！"我停止了嚼虾，突然问。

"是的。"

缘分就是不必寻觅，是你的终究会与你相遇。夫妻树本来并没有名字，后来因为在这两棵树下拍婚纱照的人太多，影楼就赋予它们百年好合的寓意,索性把这两棵百年的树叫成了"夫妻树"。

两棵树左边的比右边粗壮些,喻"一夫一妻"。树干要三个人才能环抱住,枝繁叶茂,裸露出地面的榕树根饱经风霜、铿锵有力地扎在地面上。

两棵树相隔有五米,并不是连根都绕在一起,而是各自都给彼此留有了足够空间自由生长,枝繁叶茂的顶端连在了一起,搭建成一派荫郁。从远处看,像一棵树,虽然靠近,却又彼此独立。

我喜欢这样的夫妻,不依赖却携手共进。我也去留了张影,树下的我特别弱小。可我喜欢这种被大树保护的感觉,我愿为保护我的大树做一只小小鸟,你愿意来做我的大树吗?

心满意足地离开了海舌,我的寻树之旅暂时告一段落。谁都不知马上

要上演的是我与小电驴的环海囧途。在美好的画面里就不细述囧途的悲惨了，一句道尽，130 公里，走了 12 个小时，充电 5 次，无电推行累计 20 公里，最后 40 公里是三轮车连驴带我给拉回来了。

在镶满璀璨星空的夜晚，我微笑着自然地把小电驴还给了老板。打死我也不会说我带着它去环海了。

因为会被笑死的。那晚我叫了红烧肉、黄焖鸡、清蒸鱼、蛋花汤、两碗米饭，吃得干干净净！

（注：夫妻树在海舌公园入口前的水田边，那棵不知名的树在海舌公园尽头。）

女 人 向 上 法 则

两棵树相隔有 5 米，并不是连根都绕在一起，而是各自都给彼此留有了足够空间自由生长，枝繁叶茂的顶端连在了一起，搭建成一派荫郁。从远处看，像一棵树，虽然靠近，却又彼此独立。我喜欢这样的夫妻，不依赖却携手共进。

女人从来都不需要惧怕年龄,尤其是优秀的女人。年龄从来都只是数字,是阅历和见识的累积注解,于她们而言,此刻就是最好的时间。

伴着花香的37岁!能有机会去担负责任,为小家庭带来快乐、为大家庭创造幸福,这代表自己有着重要的存在价值,这何尝不是一种幸福呢?

第三篇 女人向上，一岁一芳华

伴着花香的 37 岁！

　　能有机会去担负责任，为小家庭带来快乐、为大家庭创造幸福，这代表自己有着重要的存在价值，这何尝不是一种幸福呢？

　　还是给自己写点什么吧！

　　今天我 37 岁，明天我将奔跑在 38 岁的路上！

　　几天前，我就想让迈入 38 岁的脚步慢一点，再慢一点，但我是如此势单力薄，怎能改变地球转动？所以我只能让自己安静一点，再安静一点，细细嚼，慢慢品，这每一分每一秒，喧闹让我没有体会，忙碌让时间溜得更快，是惧怕老吗？

　　不是，只是觉得时间一去不复返，一直忙于奔波的自己，应在 37 岁的最后几天慢下来，回首自己，沉淀过去，为崭新的明天，做些能量储备。

每年的今天，我更喜欢待在办公室里，满屋的花香是上天赐予我的满满的关爱。早上出门，孩子给我一个吻，感激命运让我明白，孩子是我一生最大的责任与幸福。每天行走的街道，今天尤为笔直畅达，感激命运，让我拥有现如今的一切。在路上，想起年少时的梦想，通过努力出人头地，虽然今天，头离天还很远，但我已经很幸福，因为一切梦想不都是为了幸福的结果吗？

今天的我能够去承担小家庭快乐的责任及大家庭幸福的责任，能有机会去担负责任，代表自己有存在的价值，这何尝不是一种幸福？今天，我参加金宏的早例会，跟大家分享了责任与感恩，懂得用心，懂得感恩，方能承担责任。在金宏这片新土地，我也是个新人。

昨天，交代办公室买了几枝百合花，为的是新的一天，让自己闻着花香工作，这是一种简单纯净的幸福。金富的"老"孩子们，有心地又送来几枝，添在已有花的瓶子里，心里满是感动。

中午是咖啡时间，在熟悉的根据地。"老孩子们"擦肩而过时，都会说一句生日快乐。踏上二楼咖啡吧，想独自静坐，他们居然送来一个可爱的小蛋糕，我点了根小蜡烛，闭上眼用心地许了愿！没有生日歌，因为我一直说"低调"，大家满满的祝福，让我心存感激。

小蛋糕甜得一点也不腻，我们分了一碗面，有肉丸那种，还加了白菜，这个简单但隆重的生日午餐，有甜、有圆、有长、有白，这不就是我想要的人生吗？简单、甜蜜、圆满、长久、纯净，谢谢你们，我的伙伴们。

像往年的今天一样，潘小姐帮我拍下了37岁的自己，相机可以记下历史，多年之后的回忆里，你们都将存在我的脑海里。

因为求学在外，难得这样的日子，老公不在身边，记忆中这应是第一次。

昨日凌晨收到他的祝福，今早看到，几句简单的祝福，其实只要记得这一天就好！

夫妻亲情早已离开了华丽言辞，长久相守，平淡最真。中午老公打电话时，我正吃着蛋糕，他又说了句："你照顾好自己。"这就已代表了他的祝福。其实不用担心，我很好，因为还有你们。

回到办公室，满屋的花香，习惯了这一天被鲜花围绕，这都是老友们赤裸裸的祝福。只是近几年，花长得都太像了，好像来自一个花店。我在想如果换作我，一定送点不一样的，否则那么多花，怎知道你、你、你在哪里？

电脑依旧开着，文件照常审着，如往常一样，办公室门时常被轻轻推开，签字的、请示工作的，离开时，一句腼腆的祝福让我心存感激，懂得37岁的自己，用心过、努力过，不断沉淀自己，才能收获身边你们的认可，因为只有这个认可，才可以让我在明天跟你们一起，走得更远，走过人生每一年的今天。

请原谅今天的不务正业，但我相信，懂得沉淀，懂得感恩，我一定能更清晰肩上的责任。37岁，不老，未来我们一起退休时，就开个幼儿园，做个幼儿园老师，让我们的青春、激情、阳光、奋进延续给一代又一代。

下班，我想回家陪陪孩子，他是我的未来。昨晚孩子送的生日祝福卡，只画了两个小人儿，我说，爸爸、姐姐呢？他说，忘了。我今天要让他补上，没有爸爸，就没有我们；没有姐姐，又怎能快乐幸福呢？

今早，孩子的爷爷奶奶就买了菜，今晚一定有一桌丰盛的晚餐，他们的爱让我懂得，一个好女人能造福三代，我爱他们。今晚还要去接上妈妈，她才是我的创造者,一个最伟大的母亲。

我的 37 岁生日,很平凡很幸福的一天。

女 人 向 上 法 则

懂得沉淀,懂得感恩,一定能更清晰肩上的责任。

夫妻亲情早已离开了华丽言辞,长久相守,平淡最真。

38 岁，风中的生日

> 38年来，因为有爱有依赖，任何风雨，从没让自己感到畏惧！感谢上天对我的恩爱！

昨晚，跟一帮孩子疯癫到3点，今早7点上班后，全员都在为台风到来紧张做着防御工作（简称抗台）。抗台这种技术活，我根本起不到任何作用，因为在这个大家庭里，苦累的体力活男人们在干，女人们虽然也紧张，也只能力所能及做些整理内务的活。

在属于自己的日子里，坐在大风大雨的窗下。雨水早已模糊了窗外的视线，呼啸的台风撞击着不算厚实的玻璃窗。我淡定地坐在这里，写下这一年来可留存记忆的东西，抛开工作，让我自私地只记下生活吧。

今天的台风，让我再次感受到：38年来，因为有爱有依赖，任何风雨，从没让自己感到畏惧，感谢上天对我的恩爱！回顾这一年，收获了得失还有悲欢离合，值得肯定的是，我始终都坚定微笑地走在前进的路上。

这一年里，最刻骨铭心的事，是失去了至亲的外婆。仿佛一切就在昨天，外婆还坐在家中右边那张沙发上，帮妈妈准备晚餐，剥着豆角，拣着青菜，笑眯眯地听着我和妈妈的闲聊……

外婆喜欢喝米汤、吃糯食，我去看她时，常常买些她爱吃的玉米窝窝头、糯米糍……她离去前，总说自己心口很闷，她烧得有些游离，谁知说了一句"好累"，就离开了我们……关于外婆的一幕幕，时常在我眼前浮现，从未有如此亲近的人，从自己身边离去。从这以后，我更加懂得珍惜每一个身边的人，珍惜叫一声有人应的幸福。

这一年里，公司里有一个会唱歌的孩子，因为他干净的声音、透彻的眼神，我迷恋上了音乐。我将爱好音乐的他们，召集在一起，成立了名叫SK的乐队。因为我坚信，只要用心付出，就能让他们触碰遥远的梦想。

干净得直入心底的声音，轻缓的曲调。音乐可以让满载负荷的心慢慢释放，我甚至可以感受到呼吸的声音。成就他们，其实也是成全自己，在音乐中安静地修复身心，找到有时会迷茫的自己。

这一年里，因为一场聚会，我爱上了画竹。开餐前的等候时间，眼前的笔墨纸砚，让我又拿起十几年前曾握过的笔，一团毫无美感的墨迹，让我重燃"竹坚，宁折不弯"的信心。从此，每天夜晚就开始与黑白笔墨相伴。

我开始搜寻所有关于竹的诗文，从字里行间领会众人对竹的感悟。"有节骨乃坚，无心品自端。几经狂风骤雨，宁折不易弯。依旧四季翠绿，不与群芳争艳。"喜欢竹，也许我喜欢这种淡淡地存在，却从来都坚挺不屈的品性。

画竹节，让我在起落笔之间，学会果断才能挺拔；画竹枝，让我学会做配角时的布局与柔韧；画竹叶，让我学会在凌乱中也可以飘摇出层次……一幅有生命的画，水墨的浓淡轻重远近，会让观画者身融入其中，与之共鸣。

人生又何尝不是一幅画，远近高低、柔软坚硬，画作的最后一笔结束时，是画作可以留存，是废纸弃之不可惜。

这一年里，女儿长大，我们之间的对话多了探讨，少了唠叨。

这一年里，儿子省心，8岁就把北大作为他的人生目标。

这一年里，父母健康，妈妈的唠叨我常去听，爸爸的爱常常放在心里。

这一年里，爱我的人一直守候在这里不离不弃，我爱的人都在爱的能量下幸福安康。

这一年里，自己的世界很安静，虽然也出现过那刹那间的涟漪，但日出日落，多大的风雨，多美的幻影，最后都只是一道岁月记忆划过的添姿添彩的风景。

今天16日，是个有爱的日子，台风天，让爱感动天，让风雨轻轻地来，慢慢地走，不要任何伤害！

相信明天，定会阳光灿烂。

女 人 向 上 法 则

珍惜每一个身边的人，珍惜叫一声有人应的幸福。

乌拉拉不见了 39 岁

2016 年 9 月 16 日,他们说,是我 40 岁的生日。

1976 年出生,2016 年是 40 岁吗?是过完生日后才是 40 岁吧。

我的意思是,如果吹蜡烛的话,应该点 39 根还是 40 根?

所有人都说,40。

但我去年是 38 岁啊?!没人说是 39。

好吧,接受 40 吧,我的人生乌拉拉丢了一个 39。

40 岁，最美！

40 岁，这是个最美的年龄，虽然容颜不再饱满紧致，但细纹平添的是从容柔和。

好吧，我 40 了，不纠结了。

38、39、40 有什么不同吗？没有嘛，比如说……容颜。

回想 40 年的人生，感谢上天恩赐予我的幸福。

上篇：青春逝水流年

一、色彩斑斓的幸福童年

童年，记忆里没有爸爸妈妈的样子。

儿时都是外公外婆、姨姨舅舅的影子，而我就是那个最被疼爱的娃娃。

外公带我去上班，牵着我的手，走在那长长的上坡路上，我总是竖起小耳朵听外公自己跟自己的对话，然后回家偷偷告诉外婆。

外婆扛着锄头做工回来，我最期待的是，她从那麻布口袋里掏出那包着从山上摘下的各种野果的鼓鼓囊囊的手帕。

比我大十多岁的姨姨，将电焊条放在炉火中烧热，把我的小黄毛头发烫得卷卷的，给我系上大红色的绸绫子，让我穿上粉色的纱裙子，我被打扮得像个布娃娃。

与仅大我几岁的舅舅，蹲在地上一起谋划挖地道，每天开始偷一个土豆，为的是地道挖好了，我俩带着土豆，穿过这个地洞，离开家去很远的地方。舅舅刚挖了一个小土坑，就被外公的干柴占用了。从此与舅舅的土豆探险记，就留在了童年的作文里。

懂事听话乖巧的娃娃我啊，

在田埂边快乐地与蜻蜓一起奔跑，

在雨后的松林里背着竹篓采蘑菇，

在外婆的菜园里蹦蹦跳跳地逮蚂蚱……

二、馋嘴爱吃的小学时光

小学的日子，记忆里最深刻的就是，与弟弟各种胡乱折腾找吃的。

贵州的冬天特别冷，潮湿阴冷的那种。每当寒假，所有孩子都冷得被圈在家里，无聊会让肚子越发饿得慌，于是翻箱倒柜想方设法地弄吃的。

零下的气温，淅淅沥沥地下着雨，房檐下，雨滴被冻成了长长短短的冰柱。我们将小板凳垫高在脚下，撬下几条，蘸着白糖吃，名副其实的白糖冰棍。

那个年代，冰箱是个稀罕物。在夏天，如果可以在校门口，在捂着棉被的泡沫箱的冰棍阿姨那里，买一根5分钱的冰棍，要么是做了好事被奖励了，要么就是家里有亲戚来赏了钱。所以，遇上这天然的大冰箱，管他小手小脸冻得通红也会惦记着把这不要钱的冰棍吃个够。

那个年代，家里可以吃的，又不被锁住的东西，只有大米、面粉和白糖。于是，它们都成了我们解馋的原材料。

在锅里放上一点点猪油，把面粉倒进去炒到鹅黄色，再放上白糖炒到干爽不粘锅，那个时候这就是非常好吃的炒面。直接用勺子舀着吃，还可以冲水搅成糊状。

把米煮成饭，弄点大红枣去核夹在米饭里，再捏成紧紧的饭团，蘸白糖吃比吃饭香。

天气好的时候，那个炸米花的老伯伯，出现在街边转角处，左手转着支架顶起的铁罐子，右脚踩着鼓风机吹着炉火。一群贪吃的娃娃拿着装着大米、玉米粒的各种麻袋及竹篓，排着长长的队。随着一声声爆炸响，白米花那个香甜飘遍了整个家属院。用手抓着吃腻了，就用白糖熬成糖浆，再放上米花，糖浆裹上米花，压成型，待糖浆冷却冻上，便做成了米花糖。

贪吃快乐少年的那些日子，回想起来嘴里全是白糖的味道。

三、夹杂着有趣爸妈的初中时代

初中，逐渐有了许多留存的记忆，爸爸开上了嘉陵牌的摩托车，虽然是辆二手的，但爸爸却很珍爱它，每天把它擦得很新。突突的摩托车音，让我们很远就知道，爸爸已经到了那个拐角了。偷看电视的弟弟赶紧关掉电视，偷画画的我赶紧收好画本，认真写作业，这时是我俩最团结一致的时候。

那时最期待的就是过年，可以大块吃肉，可以四处疯玩，可以穿新衣，还可以收压岁钱，过过有钱在袋的瘾，尽管很快父母就会以代你保管供你上大学的理由统统收回去。

年前，我都会和妈妈坐上厂区大巴车，到 30 里外的市里逛上一天买年货。跟精打细算的妈妈逛街，真是心累，一般的东西看不上，看上的东西又不会马上买，从大十字走到小十字，再走完东南西北几条街，又回到起点，终于决定买下，于是站在原地挑选，把所有可以选择的一一翻遍。

妈妈的节俭，在那个每月只有 200 元工资的年代，把我们这个工人家庭侍弄得井井有条，也不比那些处处高贵的知识分子家庭差多少。

四、多愁善感的雨季高中

高中，青春萌动的栀子花开，不管内心多火热，表面上都没有颜色。

《红楼梦》看多了，偏喜爱病恹恹的黛玉，觉得不冷不热的样子才会被怜香惜玉。

在人群中，不言不语，紧锁眉头。读席慕蓉的书，越读越忧郁。17 岁是多愁善感的雨季，听 Beyond、黑豹、张楚，迷上沙哑喉咙里的歇斯底里，阳光的年龄却执着了冷漠，高大英俊的人从不正眼瞧瞧，却独爱才华横溢的怪才。

在那些青春懵懂岁月里，开始懂得涩涩地去牵挂，并酸酸地等待着被牵挂。

孤傲的心其实是自卑的，担心自己被遗弃，学会了跟自己较劲，不许输，不许有差距，加倍努力，让自己一直都活在云端里。这种自发的鞭策力，胜过父母老师苦口婆心的谆谆教诲。

五、用力地恋爱、努力地工作与幸福的婚姻

大学，恋爱了，而且是认定一辈子的恋爱。

毕业后，去了男朋友生活的城市，每天无依无靠地坐着巴士，穿梭在各个职介中心找工作。那时最羡慕的职业，就是可以坐在对面，面试别人，帮助如我这般的人改变命运。

最后，找到一份在商场门口举着气球，把钙片卖给小朋友的工作，每月1200元，不仅能养活自己，还可以给家里寄200元。

有一天，终于接到一家汽车销售公司的通知，虽然每月工资只有500元。但我坚持要去，不能让我在大学里的汽车专业白白浪费。

工作了，很努力地工作着，全因为毕业宴会上一句酒后狂言：出人头地！

两年后创业，结婚。结婚的对象却不是那曾以为的一辈子。

老公很好，不管遇到多大的困难，他从没有质疑过我们的共同目标，并彼此鼓励、携手奋进。

从创业、结婚到今天，唯一可量化的是已经有17年了。所有的经历，不在此一一赘述。

40岁了，我想在这几天，花点时间给它写点记忆留存。就像一张老相片，多年后，通过字里行间，看到人生的每个阶段里，年轻的自己那份或喜或忧的心情。

下篇：我的 40 岁感悟

一、苛刻完美的处女座

我的格局其实很小，太大太高太深太久的哲学，我不能掌控，也写不出来。书架上的励志书一定总结得淋漓尽致，相比之下，我的经历肤浅得不值一提。

我是处女座，他们说这是个追求苛刻的完美的星座，是个纠结的货色。

因为世上没有什么东西可称得上完美，所以处女座永远生活在不满中。恰如星座所言，处女座愿意分享的东西，都百般挑剔、尽善尽美。

但过程却并不如他们说的那般纠结。

过程中需要干脆果断的决策，要达成目标不留缺憾，正是处女座想要的完美结果。处女座想到就一定会去做，因为他们不会轻易放过自己，不许自己有遗憾。

处女座不会随意，哪怕是日常交流的一两句话，也会经深思熟虑后娓娓道出。如果连自己都无法感动，他们会很失落，责怪自己不够用心。他们擅长用每一寸肌肤去感悟，书写体会，每一次几千字，消耗的精气神卡路里，不亚于一次 10 公里的长跑。

别伤害处女座，处女座的用心足够真实。

二、生活与工作齐飞，还有那个爱我的你

这一年，依旧看书，只是与过往不同的是，书单里少了哲学、励志、管理、成功学，多了散文、旅游、修行、美学，一本书未完，又不断添置新书，于是众多未看的书都排着长队，等待主人早日钦点。

爱上生活与努力工作从不矛盾，朝九晚五属于工作，剩余的时间留给生活。生活的时间再被拆分成两部分，一部分给家人，另一部分给自己。

我是开心的。

因为做着喜爱的工作。

工作，是与一群志同道合的兄弟姐妹，一起去探索如何开心工作、幸福生活。

我是幸福的。

因为在生活时间，家人给了我一个温暖的港湾。孩子在爱的氛围里，自由快乐地成长，而我，在属于自己的时间里，安静地看书、写字、听歌，一个人走很远的路，享受宁静，感知风的呼吸、雨的哭泣、云的细语、光的不羁。

这一年，保护着我的人依旧不善言语，但他的爱变成了更懂我。

至少有 10 年，每一年，一个人要放飞几天。他知道，我骨子里有那种文艺青年的故事情怀。

十余年，我都是一个人走，一个人飞。只去同一座小城，不是我多么专一，也不是我固守执念，而是不分东南西北的我，不想在这 360 天换来的 5 天里，花费太多时间，在一座陌生的城市里找回家的路。

这一年，他会突然订好机票，带我一起去这里那里，都是陌生又向往的地方。

其实，去过的这些城市，不一定都是他喜欢的，因为对于一个务实的大男人来说，很多地方都文艺得特别矫情。

但他说，有他在，不会迷路。

三、吾家儿女初长成

这一年，孩子很乖。

女儿上了高中，我第一次见到斯文的她，站在舞台上面对千人，淡定自如、口齿清晰地演讲，用充满力量的言语震动着包括我在内的所有人，才发现，原来孩子内心的潜在能量远远超过我的想象。

孩子，长大了。

在父母面前，她就是个孩子，从来都是那么听话，说话从不大声，做事从不利落，想法从不干脆。

可她在没有父母庇佑的世界里，却独自撑起着她的天地，她的能量让我质疑，这个有力量的女孩，当真是我的孩子？

在众人为她响起掌声的那一刻，我感到无比骄傲与自豪。儿子的世界，除了上学，其余全部在他的游戏与他的书里。

游戏水平等级我不懂，其中的专业名词我更是不懂。打游戏时，他完全听不见外面的声音，全身心沉浸在有着高级装备，过五关斩六将的世界里。

他游戏的时间，我从不打扰。

一个 10 岁孩子的书本数量，远远多过我这个算是文青的妈妈。天文地理科幻 FBI 漫画搞笑名著，只要他喜欢，可以看任何书。我喜欢他读书打游戏时专注的样子，喜欢、专注后才会想去征服。

唯一可以引导的，就是创造机会让他开阔视野，接触更多领域。喜欢这个世界，才能专注这个世界，最后或许像是在游戏里一样，去征服这个世界。

孩子们的成长，是我的骄傲。

四、学会使用句号是场人生修行

这一年，我改变了喜欢用感叹号的习惯。

之前的自己，在工作生活上，因为角色是担当责任的主导者，所以在处理每一件事时总是习惯落地铿锵有力，结尾时必定震撼的哐当一声，让所有人都难以忘记。

这些思维行为习惯是感叹号结尾。

当我发现，其实内心自信的人，在任何场合都柔和淡定。他们气息如兰，轻言细语，虽然低眉浅笑，电流却瞬间遍布你的全身。

学会平静地使用句号，是一场人生的修行，轻轻地，就可以圆满该圆满的事情。

五、淡出人潮的后端

这一年,在写字说话中,会刻意地把不自觉冒出的"我"字删除。这是多年来独立思考养成的习惯——自我。

任何事需要自己去思考,并快速地找到解决办法,必须具备主观果断的思维,这样处处才会是"我"的身影,人生此阶段需要像个霸道的独裁者,很多时候机会就在一瞬间,不容许优柔寡断。

而如今,"我"想逐步降低自己的存在感。虽然依旧会有观点,但我先会安静地听,不想因为太多的经验之谈阻碍了有胆识的年轻人的想法,鼓励他们把自己推向风口浪尖的视线里,让他们明白:不逼自己一把,自己永远不知自己有多优秀。

在人潮的后端,淡忘"我",继续保持清晰的头脑,看着年轻的他们,为青春奋力拼搏厮杀争一席之位。

这一年,我喜欢把长发编成长辫轻轻垂下,不喜欢一个星期5天踩着7厘米的高跟鞋走上走下,不再喜欢高高地束紧头发,让发丝没有一丝一缕的凌乱,让衣服没有一丝一毫的褶皱。

云淡风轻的平和,不是没有永争第一的尖锐,而是认真用心地去做每一件事情,最后得到的往往是靠头破血流的争抢都没有争取到的东西。

这一年,我原以为上天会在40岁这个台阶上,赏赐给我人生最好的三件东西。虽然,从喜悦到失落,从茫然到清晰,从有眉目到没了底,但都感谢时间给了我这些拥有又搁浅的经历。

如愿,是上天最好的赏赐;搁浅,是为了时机成熟后的再次迎接。

这一年,我还是会时常想起那些曾经,累了时,会恍惚在头脑中短暂地停留,恰如有记忆的歌曲,让头脑在这片段的时间里,放风畅游在另一个世界,换换风景,换换空气,换换心情,有些记忆,早已装订成了故事,闲时翻翻,一笑足矣。

……

六、最好的 40 岁

40 岁了,我已经接受了这个年龄。我想,下次再纠结的时候应该是在 10 年后,在 5 开始的时候。

40 岁,这是个最美的年龄,虽然容颜失去了饱满紧致,但细纹平添的是从容柔和。

在一本杂志上看见一处封面,明星章子怡怀抱女儿醒醒,画面很美,最美的是章子怡与以往不同的眼神,没有高冷、没有尖锐、没有居高临下、没有天下独尊的气势。

她的双眼柔柔地眸着,眼神中有种种牵挂,那是对怀中孩子下一秒会不会哭闹、会不会继续配合的担忧。我猜想,7 个月大的孩子在拍摄过程中,应该不是非常配合,所以封面中的章子怡,眼神里才没有母亲对孩子哭闹的担心,反而是一种放松下来软软的贴心的笑容。

如果你是母亲,曾怀抱过孩子,你会懂我所说的:一个母亲对孩子牵挂的眼神。

美，也许就美在这儿。这个年龄的女人，在自己的领域里没有任何胆怯，云淡风轻、平和柔软，但在心中忐忑的是对至亲的人的挂牵。

珍惜今天，最美的年龄，最美的今天。对于明天来说，今天就已经是曾经，再也回不去的曾经。

40岁，快乐幸福。

女 人 向 上 法 则

爱上生活与努力工作从不矛盾，朝九晚五属于工作，剩余的时间留给生活。生活的时间再被拆分成两部分，一部分给家人，另一部分给自己。

学会平静地使用句号，是一场人生的修行，轻轻地，就可以圆满该圆满的事情。

充满能量的 41 岁

  41 岁,我深深感到其实这是我最好的年华,过着自己想要的生活,有自己所爱及爱着自己的人,淡淡地,却可以始终微笑地面对一切风风雨雨。

2017 年 9 月 10 日,周日。
  去年今天,我也是这样,非常有仪式感地选择一处,有舒服高度的木桌、有简单音乐的安静、有透过窗棂的阳光、有唾手可得的咖啡。一直坐着,慢慢地剖开内里,为生命中即将逝去的一年写下东西。为了纪念被淡忘的对与错,也为了留存过去,让她看见那个曾经的自己。
  准备落笔,回看了去年的幸福,四五千个字,被自己感动,人生第四个 10 年,从童年到如今,里面记载了所有陪伴着我、鼓励着我走向幸福的人。

依旧是这句话,每一个今天,都应该感谢昨天努力的自己。

一、41 岁的生活,丰富多彩

这一年,很少听歌,这不足为奇的改变,根本不能排在一年的感言文字中,但我第一个想写的就是它,随心吧!听歌都是在安静的时候,都是在自己孤独的时候。

喜欢听歌,喜欢听简单旋律的民谣。每一个唱民谣的人,身后一定都有随时令人落泪的故事,伤心过才能唱出催人泪下的歌,所以听喜欢的歌是件内心特别孤独的事,它会将万马奔腾的状态瞬间打回冰冷漆黑,让人在角落里独自舔伤。

这一年,心很静,不需要用一种旋律来麻痹自己,喜欢在碎片时间里看书、写字、画画、旅行、跑步,还有恶狠狠地打拳……

这一年精力充沛,像个重生的孩子,脑子里就像小学作文里"我的理想"的常用写法,文章结尾处

必有长大后我将努力成为"什么""什么"家的模样。

点燃元气的跑步

每天 6 点半,我会迎着最早的阳光,奔跑在周长为一公里的小区周围,用时一小时。早起打太极的老奶奶、听着收音机的老爷爷都会向我微笑。悬挂在空中的月亮,还与一枝不守规矩的枝条暧昧地相连着,红的白的粉的杜鹃花争奇斗艳,大蜗牛故意在我脚下慵懒地刷存在感,而有王者风范的流浪猫依旧漠视我的存在……享受着清晨这份宁静,感受着万物生机蓬勃,干净清新的空气浸润着我的五脏六腑,元气满满地开启崭新的一天。

用冷水冲澡 3 分钟,脱下运动装,换上职业装,完成一个角色到另一个角色的转变。

把夜跑换成晨跑,不是因为我明白晨跑更有利于健康,而是因为傍晚有新事物要学——国画。

滋养灵气的画画

今年 2 月开始,虔诚地叫了两年的国画师父,终于肯收我为徒。

笔墨纸砚备齐,从画虾开始。师父画画至少有 20 年了,提起师父,都以为他是个德高望重的白胡子老爷爷,其实,他很年轻,比我还要小几岁,在政府单位有着让人羡慕的职业。

画画只是他的个人爱好,我很自豪自己能成为他的第一个徒弟。师父摊开一张纸,用笔轻松地点水蘸墨,不一会儿就在纸上画出那如透视般立体的花鸟鱼虫了。

师父开始教我，一切都变得特别复杂，无法用语言表达。

师父说，笔肚要水分饱满。可愚笨如我，无法理解"饱满"是什么量。不管我是如何拿笔，怎样学足师父的姿势，点在纸上要不就是浸透了纸，墨模糊成一团，要不就是笔上毛毛叉叉，干涸无比。

偶尔，接过师父手中的笔，顿时就如神仙附体，技术突飞猛进。所以每每在我快失去信心时，师父就赏我一张存了多少年又熟又生的纸，再帮我调好墨，我那三脚猫功夫立刻神勇，信心倍增。

每周学习两小时，而如何领悟师父口中不知该如何量化的词，就只有靠自己回家乱舞体会，这只能占用原来的夜跑时间，所以，晨跑应运而生。

虾是虫变的，至少在我画画时的每一只大虾都是这样。

自称汉子的我，不怕流血流汗，不怕猛兽老鼠，最害怕的就是肉肉的软体虫。从画虾以来，不仅要天天看，还要认真研究每一节肉肉，画它们不断狂舞的脚，还有黑豆般的眼睛，每次我都全身痒痒地汗毛竖起，好像千条小虫在身上爬。

我每天都在研究如何把虫变成虾。两个月后，虫终于有些变化了，变成了一只丰腴富态的大虫虾。我有些沾沾自喜，这可是"进化论"的进步，人类进化都化了几千年，而我，虫变虾，也只是两个月吗？

师父说："进步了，加油加油！你可不可以画得窈窕一点呢？"

为什么不可以呢？我只要第一笔下去，就注定了头有这么大，再接着这样的比例，虾就成了巨无霸虾。

其实我还是比较有悟性的，自从师父说了"窈窕虾"后，时常在第一笔，我就会想起师父的忠言，谨记窈窕。我轻轻地落笔，接下来的虾身，的确纤细了不少，于是"巨无霸"就进化成了"大头虾"。

接下来，大头虾也变成正常虾，只不过有形无神，一堆水煮大虾，但不管怎样，死虾活虾，终于是只虾了。

我每晚都在折腾，折腾虾，"虾"折腾……

终于在某一天，师父说："有点我的影子了。"

这应是，画了六个月后师父给的最高赞扬。

从此之后，我再也不吃虾了，实在是看得太腻了，看着虾就莫名地胃胀胃酸。

之后的某一天，我主动申请师父教我画竹。

不是不踏实，而是虾吃多了，担心物物相通，我不想长成大虾模样，我想变得挺拔。

大概初中时候，爸妈的朋友张阿姨，送给我家一个白色的电视机罩（那时候家里的电视机，可是个稀罕物，会用一个最漂亮的罩子罩住）。张阿姨送的罩子，有她亲手绣上去的竹子大熊猫图案，当时我特别喜欢罩子上翠绿笔直的竹子。

我只是想用毛笔把它画下来。那个时代，所有的爱好都靠自己折腾。没有培训班，只要在书报上看到自己喜欢的图案就剪下来，空闲的时候就照着临摹，我有一个小画本，临摹了很多我喜欢的图案。印象最深的是，一个暑假，我在一个捡来的烟盒上临摹丹顶鹤，现在依稀还记得这个烟叫"草海"。

当看竹子图案时，我就用毛笔自己画，对毛笔的认知，也就是在语文课中，老师有教过的书法课，粗略了解如何握笔而已。

瞎画了很久，不知天高地厚地参加了学校才艺比赛，现场作画，结果当然是没有获奖。但在山区学校，有个同学会毛笔画画，还能让大家看出你画的是什么，就会被贴上了袁同学会画画的标签。

从此，我都相信自己会画画了，将自认为最得意的两幅竹子画作，贴在客厅沙发后的墙上，炫耀似的告知亲朋好友，我会画画。另一幅送给了我最好的朋友，她郑重其事地贴在书桌前的墙上。

多少年后，它们都泛黄得与落满灰尘的墙同色。老房子被拆除，它也与曾经的少年记忆一起消失在废墟中。后悔没有好好保存，在某种意义上它代表着，我从小有对书香生活的向往。

初生牛犊不怕虎，初生牛犊才会有赢过虎的梦想。

画画让我懂得，在自己没信心时，不要一味地埋头去勤学苦练，这样只会越来越没有信心，因为那么努力都没有结果，还能够怎样？此时只会怀疑，自己根本不是这块料，通常就会放弃。

所以，在越画越乱时，我常会选择去睡觉，一觉醒来，不管昨天经历多少不顺，都会被积极的正能量代替。我给这个弃之不理的阶段，起名叫"顿悟"。有时离开那个如乱麻的环境，把自己当成一个局外人，反而更加清楚地看到纠缠其中的问题。

我常在不知如何突破瓶颈时，喜欢轻松地去看看别人画虾的视频，看看画竹的书，看看师父的画作。师父常说，常看名家的画，既是一种欣赏，也是一种潜移默化的学习，你要能读懂一幅画，就懂得如何去画了。

第一次听师父说时，根本听不懂。因为根本不明白"读懂"是什么意思。当我在习作时，不知如何下笔时，我会认真带着问题去看每一幅名作。在一堆层次不同的墨色中，发现画家的起笔先后顺序，当明白它看似没有依据的枝枝叶叶是如何在每个枝干上长出时，我才真正明白了师父的意思。

老师用几十年经验，总结出看似很普通的话，我们终会在不断的实践中突然感悟。所以，听不懂也要一切都认真听，总有一天，都会明白的。

我喜欢竹子，或许是喜欢它的范儿，刚正不阿，干脆利落。学习画干，我用的时间最短，跃在纸上的竹杆，层次分明，挺拔刚劲，但却不能把枝叶的柔软，很好地运用上去，竹子画得再好，只要画上叶就会成为一张废纸。

或许与我的性格相关，喜欢简单明了刚劲有力的东西，骨子里就是这样的气质，所以体现在任何一个表现出的物上，都会与心一致。那些柔软的摇曳的，与我刚强的心无法一致，所以画不出任何飘逸的神采。这个问题一直困扰着我，等我真的可以体会并自然画出，那么就会成就一个收放自如的我，而不是单单会画画了。

每一个美好的事物都帮助我成长。

每晚对着纸墨，是今年每日新增的必修课，它让我变得更加宁静。

这一年，一切在矛盾中蜕变，思想及兴趣在肆无忌惮地跨界，成就了一个更加宽容的自己。

酣畅淋漓的拳击

我居然爱上了拳击。

跑步已经给了我一个不算臃肿的身形,但长期不能运动到的地方,就松垮得格格不入,对自己苛刻,才敢对别人要求,专业的事应该相信专业的人,我把自己交给健身房的专业教练。

长这么大,从没有去过健身房,那些庞然大物的器械,就是一个个冷酷家伙。私教小魔老师是位女性,全身肌肉,带有阳刚之气,眼神的杀伤力,看你一眼就会哆嗦。

只要是干净利落、充满力量的人事物,都是我喜欢的类型。小魔老师是国家级运动员,对老师的了解,只局限在朋友圈,那里有各种获奖的证书,还有参加全国健美比赛的相片。

小魔老师的专长是拳击,也许因为这项有力量的运动,老师身上才会散发出杀气。为了收紧我腹部及臂部的赘肉,老师建议我学习拳击,从此,我就开始爱上了这个再添汉子气场的运动。我喜欢力量,喜欢这种可以根植于心,坚不可摧的力量。外表多柔软,内心却因为有这个力量的存在,自信地让外表一直柔软下去,从不惊慌,因为有底气淡定。

打拳,眼睛与手中的拳头平视,盯住目标物,右肘弯曲保护腰位,双脚保持随时可移动的状态,当戴上拳击手套时,我感觉自己像个武士,眼睛及骨子里全是愤怒,有的是坚定与无畏,我喜欢此时的自己,不害怕、不后退。

我喜欢黑色沙包被打时发出的沉闷的砰砰声,每一声都代表着力量,我喜欢老师戴着护板,配合我每一拳发出的吼叫声,我喜欢连续击打歇斯底里的疯狂状态，我喜欢这种充满力量的不一样的自己。

　　对目标的全力攻击，对目标的坚毅眼神，这一切，不就如我们日常给自己锁定目标时，全力以赴的精神吗？爱上这项运动后，我更加自信、坚毅、果断地处理着身边的每件事，它给了我力量。我会好好将此项运动进行下去，它不仅锻炼了我的身体，还强化了我的内心。

　　如何集中专注地将瞬间力量用拳头一点去击中目标的要害点？

　　需要拥有拳未出，狠盯目标如万箭扎进对方肉里的眼神力量，

　　需要具备看似不动却骤然出击的速度，

　　需要脚步稳健，快捷躲避对手，声东击西……

　　当我的一招半式有点样子后，老师让我连续打拳一分钟，前10秒，我还可以拳拳出击，可坚持不了几个动作，我就把打沙包变成了给沙包按摩。自认多么有范的力量在现实中连花拳绣腿都称不上。

　　之所以我只能坚持十几秒，主要原因是不懂得换气。我只有屏住呼吸才能集中力量，这样不被别人打死都会被自己憋死。

　　这与万事万物的持久发展是一样的。当我们将自己的呼吸、行为、思想调整在一条轨道上时，就可以得心应手，不急不躁地完成预定目标，但这其中任何一项的变化，都会破坏节奏，最后身心疲惫。真正打败自己的不是别人，而是自己失去节奏的心。

　　当然，万物发展，都不会一直持续在理想状态，当节奏混乱时，解决方法就是将心、行为、思想重新拉回一条轨道上，正如拳击，除了进攻还有防守，防守就是为了调整步伐和呼吸，再出击。

　　喜欢这种汗流浃背的备战状态，骨子里是汉子的我应该去扛枪，保家卫国。可现实中的我敲字弄墨，论经商育人之道，多么分裂的人性，在我

身上和谐地共存着。

健身课还让我收获了跑步上的进步。小魔老师正式上课前，都需要做 20~30 分钟的热身。每天早上在小区跑步，由于有台阶坡道等路面，总是走走停停，没有连续坚持过 15 分钟。

但跑步机上的热身，让我根本没办法停下来，于是我从 15 分钟、20 分钟、25 分钟直到 1 小时，时速 5 公里、6 公里、7 公里……几堂健身课下来，我已经可以非常淡定地坚持一小时的长跑。

让我有信心增加了一个新目标，未来挑战半马。

感谢岁月，让我在不断前行的路上，赏赐给我一件件好东西，它们在我不同的阶段给我最好的陪伴，它们让我在岁月中不断修炼沉淀出属于自己的独特气质。

身边朋友常羡慕说，我创业早，所以抓住了很多机会。是的，在 18 年前，我们随着自己的心开始创业，什么都不懂，摸索着前行，直到今天，有些许收获。

这一年，我又随着自己的心，进行修心修身。我本可以很安逸地享受生活，但却又开始自我折磨，相信只要坚持下去，十几年后，就如今天看到 18 年前的自己。

十几年前是为事业开拓，如今是为修身而行。

一切，都不晚，所以不要在任何时候仰头羡慕别人，抓住今天，让自己行动在未来被人羡慕的路上。

二、41 岁的爱情，宛若初见

这一年，我是快乐的。

其实，对于我这种没什么心肺的人来说，不管是经历了什么艰难困扰，都相信它一定会有过去的一天，它的出现一定是有因果的。与其花时间去抱怨，不如花时间去在解决后反思总结。所以，万事都不会让我不快乐。何况这一年还算是顺顺当当，就更没理由说自己不快乐了。

在 3 月，我跟老公驾车去了拉萨，这已经是我们第二次进藏了。

零下十几摄氏度穿越海拔 5000 多米的雪山，全程 4000 公里，作为大男人身边的小女人，我能做的也就是在关口办理边防的手续，到酒店时办理入住。我喜欢这样跟随者的角色，很多时候，我们只需要做个尽责的陪

伴者。18年的婚姻，让我和老公已经融入彼此血液里，有了许多无须言语的默契。

在我生日的这天，他已买好了去芜仙湖的机票。他的爱从不会有过多的言语，但会为你安排妥当。我们一起驾车环湖，即使没有风景，我们也可以把对方的背影拍成世上最美的风景，处处美景中，我们是别人镜头下与美景融合在一起的画中人。

此次的出行，离我最爱的丽江大理，只有百余公里，说服了同行伙伴，我们一起开车先去了大理。我们在上一年同游了洱海，此次决定要去一次苍山，歌中都说苍山洱海才能代表海枯石烂的爱情。

海拔3800米的苍山，在缆车的缓慢上行中，一座青顶白瓦的小城，藏在一片金黄色的秋收麦田中，明亮跳跃的色彩中，镶嵌着一块蓝色清透的碧玉，这就是洱海，一览无余的和谐全景让我们所有人心旷神怡。

缆车徐徐向上，脚下就是千万年挤压，错落有致的悬崖峭壁，不知千年前有过怎样的仇怨，大自然的鬼斧神工，在他坚硬的脊梁上狠狠地劈下去，留下了深深浅浅的刀痕。高原处的松林尽是苍劲的墨绿色，挺拔奋力向上争取着高处不胜寒的阳光。

时常看见，在狭缝中生长的不算粗壮的松树，它们总不同于那些长在土壤里的松树，弯弯曲曲是常有的形态。或许是因为根部没有土壤，常常在严寒无水分的恶劣环境下即将死去，可一场及时的大雨，又点燃了它们的生命，于是，重生。这常常的一死一生之间，让它们的躯干生成了弯曲的样子，多少弯曲就意味着面临过多少生死。

到达半山平台处，所有游客都在这里下车，然后沿着木梯栈道爬上山顶，全程大概两公里。云彩就在身边，可以随时将云雾握在手里，前方栈道消失在了云层中，我们四人决定爬到山顶。这 3800 米的高原苍山，别人望而生畏，但对于经常锻炼并多次进藏跨越过海拔 5000 米雪山的人来说，就更不是件难事了。

一路上行，已是 9 月，山上偶尔可以看见不知名的野花，听说，若是春天里，这里真是一路山花烂漫。松树是这里最多的树种，有的挺拔有的蜿蜒，棵棵都精神抖擞地屹立在那里，朋友们开玩笑说，任何一棵在城市里，都价值百万。

它们的根早已扎在了这高寒的土壤里，它们的叶早就习惯了这稀薄的空气，外面的世界再有价值，相信它们也只愿意永远坚守在这里。

半小时后，我们登上了海拔 3890 米云雾缭绕的山顶平台，在无数游人挂上的祈福驼铃的叮当声中，在七彩经幡舞动出的虔诚诵经声中，合影留念，结束了这次苍山之行。

爱，是一场远行，我们一直并肩走在有着共同梦想的路上。有风景，我们欣赏；没风景，我们创造。

9 月 10 日提笔，本想在生日前给自己留个 41 岁的纪念，谁知结束时，已经是两个月后的今天，11 月 9 日。

11 月 9 日，我独自一人，是每年必到丽江古城山顶的日子，多年来，一个人在同一个咖啡厅同一张桌子点一杯喝惯了的苦荞茶，敲打着凌乱的文字，记录着每年不同的自己。

在这 5 天里，我跟自己说做个完全属于自己的人。我心里会很空，但一点儿都不觉得寂寞，我百般珍惜着每分每秒。在这片纯净的空气里，我吐出尘世间的抑郁，换上最干净的心灵，去迎接凡尘中那个处事不惊的自己。

41 岁，我深深感到其实这是我最好的年华，过着自己想要的生活，有着自己所爱及爱着自己的人，淡淡地，却可以始终微笑地面对一切的风风雨雨。

感谢所有，感谢赐予，我会备感珍惜，倍加努力！

女 人 向 上 法 则

　　老师用几十年经验，总结出看似很普通的话，我们终会在不断的实践中突然感悟。所以，听不懂也要一切都认真听，总有一天，都会明白的。

　　在越画越乱时，我常会选择去睡觉，一觉醒来，不管昨天经历多少不顺，都会被积极的正能量代替。我给这个弃之不理的阶段，起名叫"顿悟"。有时离开那个如乱麻的环境，把自己当成一个局外人，反而更加清楚地看到纠缠其中的问题。

　　万事万物的持久发展是一样的。当我们将自己的呼吸、行为、思想调整在一条轨道上时，就可以得心应手，不急不躁地完成预定目标，但这其中任何一项的变化，都会破坏节奏，最后身心疲惫。真正打败自己的不是别人，而是自己失去节奏的心。

　　不要在任何时候仰头羡慕别人，抓住今天，让自己行动在未来被人羡慕的路上。

人生就像一场旅行，
好风景永远在路上，
带着「心」去旅行，
丰盈生命，
放空自己，
沉淀人生，
活出不一样的色彩。

第四篇 女人向上,抵达内心和远方

爱是一场远行

感谢 20 年前的自己，明确地执着于幸福的目标，通过不懈的努力，才换来了今天我想要的幸福。

4月30日:再不远行我们就老了

16年来,第一次,不是以任何会议、培训任务及探亲为目的,我俩踏上了期盼已久的希腊圣托里尼爱琴海。

向来喜欢单纯的东西:蓝顶白色圆形小屋,一望无际的蓝色大海,轻柔的五月海风,满是鲜花的石头窄街,街道很窄,窄到只能抬头看见狭长的蓝色天空。各类美丽的小店并存,家家门前都有很多透明玻璃瓶,里面装满了贝壳、石子、珊瑚……每个女孩都有希望自己被王子吻醒的公主童话梦,而我努力积攒着这美丽故事的一切布景,终在今日,安排自己做主角,上演心中最美的那场故事。

老公——何大叔(以下"何大叔"都是老公的昵称)比我兴奋,出发前就忙着查询天气、人文、美食……我反倒没心没肺的,可能因有男人在身边可依赖,不用自己思考。可以懒惰的时候绝不自作聪明,这是智慧。我们买了个自拍神器,拍照可以不求人。何大叔低调,从不愿意上镜,倘若让他帮我拍照,且不说技术怎样,单想着在浪漫的美景下我对着镜头笑,就觉得是憨憨的傻。

在机场买了本书,《再不远行就老了》,计划7天看完,封面图片排版很精美,最关键的是作者是学心理学的,就更是爱不释手。一直认为能读懂自己心的人,才有能力把自己内心的感悟,通过文字表达出来。让读者与之共鸣,去享受书中的一切,把无形的感知变成有形的印迹。内心粗糙的人是很难做到的,只有悟性细腻之人才能打动自己。

未来,可以安静停歇之时,期盼择一处美景之地,闻晨曦花香,听虫鸣鸟啼,赏星辰月明,静静地回顾感悟,为自己写本书,相信自己就是存在记忆里的最美好的风景，从不怕别人读懂自己，因为每个人生阶段都定会是一段不同的美丽，等你能够全部读懂时，或许，那已是我归尘之时。

5月1日：我的希腊处女游

飞行12小时后，在开罗机场转飞雅典，在机场停留5小时，落地是当地时间凌晨5点，北京时间中午11点。五一车展，亲们正在奋战，我却在旅行，心里有些内疚，也有些牵挂。

何大叔在开罗机场购物欲大发。外国人的脑袋有点方，若买的商品中有一件打折，其他正价，买单就一定要分开结算。这都没关系，但结算的姑娘却折腾了很久，最后还多找了38美元给我。我抽出40美金还她，但蹩脚的英文水平无法让她明白，为何我要还钱给她。鸡同鸭讲半天后，以耸肩结束，40美元依旧在我的手里。

登机时间尚早，选了处售货员可以看见的咖啡馆坐下，点了杯咖啡，看这些方脑袋是否会在我登机前醒悟。半小时，我一直微笑地看着他们，他们也时不时地看我，我用微笑回应他们，终于他们带着一个会些许中文的老外走向了我，承认计算失误。38美元够我这几天的咖啡开支了。

这里的咖啡，味道都不错，做咖啡的小哥很可爱，顺带请他帮何大叔的茶杯里加些热水，他对那水杯里的一片片树叶很是诧异，我告诉他这是Chinese tea，他的第一反应是"立顿"，在他的脑袋里中国茶也是袋装的，小伙还热情地询问是否需要加奶、加糖。

度假期间，我除了不穿高跟鞋以外，还喜欢把盘起的发髻散扎成一条麻花辫。穿件棉麻制宽松衣衫，踩一双不束缚的拖鞋，背着妈妈亲手给我缝制的大号布包。一个人也好，一群人也罢，慢慢地走，静静地感知，那不惊不扰、不语不思、不争不抢，淡淡轻轻柔柔的背影一定很美。我喜欢白色，那种自然的原始粗糙的白。所有的喜好与内心定是一致的，相融依附必成一体，真实不虚。

还有400公里到雅典。机舱飞行地图显示，从陆地进入海峡湾就到了目的地。在从陆地进入海湾的时候，俯瞰脚下是埃及市区，点点绿色的地块，被方方正正分割得很整齐，此时左边是风沙弥漫的黄色沙漠，犹如恶魔一般随时等待时机，入侵这个几千年历史的老城，但右边却是朵朵白云覆盖的蓝色海洋，像天使一样护佑着这座古老的城，点燃着对未来的美好期望。

几千年的埃及，每天都在享受着恶魔与天使的较量，这让我联想到古埃及。死本是可怕的，但城民们却向往着死后到达另一个极乐世界，所以在生时就乐此不疲地用黄沙给自己建造坟墓。也许这正是恶魔利用了天使的美好，让城民幸福地等待生命终结，死才是他们永远的归宿。

三种完全不同概念的影像同时出现在舷窗外的机翼下，三色交汇相融，打造出的自然混搭之美景，很符合我的特殊审美。目的地还没到，这海，就已经美成这样，心情突然在这几千米高空中感到倍儿爽。特别想感谢20年前的自己，明确地执着于幸福的目标，通过不懈的努力，才换来了今天我想要的幸福。

酒店的设施一般，幸好还有 Wi-Fi。安顿下来已是当地时间晚8点，可窗外依旧明亮，听导游说希腊日照时间非常长。我们冲了个热水澡，经过不能洗脸刷牙的两天后，终于可以敷张面膜养养这张疲惫的脸了。今天是五一国际劳动节，作为希腊的首都雅典，这一天所有的街道门店基本都不营业。在我们中国，节日就是假日，假日就是所有销售行业的商机。

　　如导游所说，休闲懒散是整个城市的状态，晒着太阳，喝着咖啡的人群随处可见。在欧洲的其他城市，大街小巷常见的就是捧着大杯喝啤酒的人，但在这里，喝的却是咖啡。这里的中国人不算太多，我本想感受一下这异国街头的小资风情，可走马观花地跟团走暂不允许有此雅兴，所幸在米岛、圣岛上可自由活动三天，总是有机会让我安坐下来享受慢生活的。

5月2日：丽江是中国的，米岛是欧洲的

　　次日凌晨5点半，我们坐船前往米克洛斯岛，当地称米岛。从酒店到码头车程40分钟。码头上，海的尽头是层层彩色的晨曦，其中丝丝缕缕随轻风颤动着深蓝色海面。

　　我们即将乘坐的红色渡轮，在这样的背景下宛如凯旋的勇士，柔情烘托着硬朗。我突然想到，肌肉男的性感恰好符合这番景色，看样子这美好浪漫的地方，的确刺激着荷尔蒙旺盛地分泌。

　　船上集聚了各种肤色的人。昨日在雅典古街上闲逛，虽店铺休市，但橱窗里的物件也甚是讨喜。也许因着雅典女神的神圣，所以很多纯白色长短裙让人垂涎，我特别喜欢这纯净的白色！同行的几位浙江的富贵姐姐，也都在这浪漫之地的旅程中，不约而同地选择了棉、麻、纱质的长裙，婀娜多姿的裙摆与蓝顶白屋的小岛是多么相称。今天我没穿长裙，萌傻地穿着破洞牛仔裤，更呆的是居然还是条背带裤，呵呵，让青春逆转乾坤吧！

　　船在海上慢慢漂着，似乎没有人关心几时可以到岸。戴上耳机听着有

故事的音乐，看着喜欢的书，喝着爱人买来的咖啡，在金发碧眼的异国人群中，望着蓝天白云下碧波荡漾的白帆，喜欢的一切都陪伴着自己，还有谁比自己幸福！

白色的船杆在蓝色的海面上旋转着，船行驶过的白色海浪温柔地开着花儿。一个海岛上的小镇，用海石垒出个长长码头，与小岛相呼应。岛上尽是星星点点的白屋群，街道上散着休闲的人们。在这里白蓝色象征着一种心旷神怡的圣洁。拍出的相片不加任何修饰，都美得让我惊叹。我兴奋得像个孩子，不，应是像个猴子，在甲板上欢蹦乱跳、乐不可支。我向来安静，如此失态真是让何大叔感到诧异。

终于拍了一张依偎在何大叔怀抱里的小鸟依人的相片，大叔熊抱的样子显得特Man，那被责任打磨过的脸写满了沧桑，任美图都无法遮掩。在他的映衬下我是如此娇小可人，自己都不敢相信，回去要把这张照片裱好，放在醒目处，在呼风唤雨叱咤江湖之时，提醒自己应该回归本色学习做个温柔可爱的小女人。

船舱很舒服，有喜欢的咖啡味、好闻的香水味。平时我喜欢坐在这里静静地观察各类人，但今天我却选择走上甲板，或是坐在船尾，看着船驶过海面拖下的长长痕迹，希腊蓝白相间的国旗在迎风飘扬。船尾的风没有那么凛冽，没有热辣辣潮湿的狼狈，只是轻轻柔柔地拂过脸庞，阳光很好，海天一色，海豚在海面跳跃，令人兴奋不已……

这种幸福，同独自一人去丽江找寻自己不同，这是一种小女人般被呵护着的幸福。

米洛斯克岛终于到了，所有人都难掩兴奋的心情。同行的浙江姐姐们，各个穿着色彩艳丽的麻纱长裙，戴着草编小帽，尽显东方女子的优雅。度假嘛，就应是这般婀娜多姿的样子，自己行李中也有数条长裙，但人人如此打扮，不免有些单一乏味，于是我放弃了求同。因为寻找差异化做不同的自己已成为自己工作生活的思维习惯。

下船后，大巴车一路爬坡，随处可见零散在路边石头堆上的纯白色小屋。30分钟后终于抵达住宿酒店，下车时扑鼻而来的不再是海水的味道，而是田园草木的原始香味，能在四面环海的海岛上开辟一方田园居住，应是一种特别记忆吧！白色小屋设施简单，干净整洁，但Wi-Fi然要收10欧，也罢，不应因小事破坏心情。

沿着来时的上山路，我们决定走路下山看看，半小时后到达小镇。一路风景养眼，不觉疲惫。到镇上时已是当地时间下午2点，肚子很饿，点了之前导游推荐的沙拉、羊排，还有一盘叫不出名的东西，还叫了瓶啤酒，因为饿所以无法优雅地吃，羊排好大份，真心好吃，没有羊肉的膻味。结账30欧，比起在中国的西餐，算是实惠。

悠闲地进入小镇，看到了位于狭小的白石头街上一间接一间的小店铺，我们无暇浏览每家店销售的物件，因为满眼都是白色屋顶，脚下是白灰与石头间隔的路纹，路边是红红蓝蓝的木桌，白屋旁盘旋着彩色木梯，门口种植着花花草草，坐在门外的高鼻梁睫毛弯弯的性感女郎……我们真想贪厌地把他们全部收入镜头。

平时自己对静物拍摄略有心得：身处繁杂无序的大环境时，可以通过近焦发现细腻之处的美。如今置身于美轮美奂的地方，却不需要思考如何构图，也不用担心拍照技术拙劣，你只需按拍快门就可以。因为样样都美，这就完全没了主体、没了重点。

这种美常常让我如蜗牛般行走，甚至为此驻足。对此深有意见的何大叔只能在紧走几步后，依靠着白蓝墙耍酷无聊般地回头张望，在原地等我慢悠悠地走来。考虑到大男人的感受，也为了缓解自己的审美疲劳，于是我决定进店逛逛！这话听起来似乎轻松，但其实恐怖才刚刚开始，因为这样一来前行速度变得更加缓慢，花的不仅是时间，还有欧元。

当然，先让何大叔买了几件东西做好铺垫后，我才可以肆无忌惮地扫货。一条蓝白相间的麻质围巾18欧，虽略感小贵，但还是庆幸自己带回了它，因为它的装饰为之后的拍照增色不少。还买了每次去各国必买的咖啡杯，来纪念曾出游过的地方，58欧折合人民币400多的价格让我纠结了几秒，但最终还是果断收入囊中。

小街上的店铺十分雅致，大多销售的都是纪念工艺品，也有很多服装，因为质地风格样式甚至味道都跟丽江相差无几，让我总感觉这些商品来自中国。几次谈到丽江，我终于得出了结论：丽江是中国的，米岛是欧洲的。它们有很多很多相似之处：清新的空气，闲适舒爽的生活状态，独具特色的建筑风格以及林林总总的店铺里卖着类同的东西。所以我这个"丽江控"，毫不犹豫地将米岛、圣岛定为了自己新的度假阵营，俺这是要迈出国门走向世界了。明年再来找个熟悉的地方住几天，语言不通没关系，反正在丽江我也常常几天不说话。

米岛的标志——五个风车，被我用自拍神器进行了各个角度的拍摄，效果真不错。在这种地方，任何人面对镜头都可以让自己的表情达到最自然，所以感谢自拍器，让我的美丽可以与这地方的美丽一起永恒地记录下来。

5月3日:迷人的圣托里尼

在米岛的第一个清晨,当地时间 5 点多,我们决定下山去小镇。

舒服的早晨,整座城都没苏醒,跟早晨的丽江一样。下山的路很窄,汽车、摩托车开得飞快,一点都不像希腊人懒懒的性格。整个小镇,除了些早起劳作的人,就几乎只有我们俩在闲逛,这正满足了我慢慢走、细细看、久久琢磨的心意。

米岛晨曦中的大风车显得特别安静,只有脚下的石、沙、海,还有小小的我陪伴着。坐在风车下的大石头上,头顶蓝天,听着轻柔海浪声,轻闭双眼,可以感受希腊女神"爱的能量"。此情此景,所有的安详宁静都美得无声无息,仿佛定格的相片。

顺着街道我们慢慢地走着,在这里每天最早营业的是面包店,就如我们的早餐档。店里的顾客应该都是些早起的工人或船夫,他们的衣服上有着残留的涂抹白屋的灰迹,手上因为掌舵拉帆磨出了厚厚的茧子。

我也学样儿点了个类似汉堡的夹肉面包和一杯咖啡,坐在面包店外的木椅上,一边说中国人的艰辛,一边笑外国人的方脑袋,在这样的早晨享受着幸福的二人世界。结婚十几年,打拼这么多年,是时候放慢脚步停歇一下为自己生活了。

闲逛 3 小时后,上山回到酒店也才 9 点,何大叔还不忘吃了酒店的丰盛早餐,我的胃早已经被晨曦的美景填饱了。同行的姐姐们穿着色彩艳丽的长纱裙,化着精致的妆,戴着优雅的小帽,在餐厅旁的游泳池边与碧蓝的海水及白色沙滩开心地合影,时而传来阵阵欢笑声。相比之下,一身白色麻布衣的我的确有点格格不入,于是我离开泳池去了屋外。

今晨路过一大片长满黄色野菊花的坡地，我向来喜欢小花，曾经对丽江满山的格桑花情有独钟。我在花地中采下还沾着露水的黄色野菊，把它们带回房间，放在昨晚喝剩下的牛奶瓶里，用装面包的牛皮纸为瓶子做了个褶皱的外衣，再把包装袋上的白色绸带在外衣处打了个结，一束美丽的插花就成品了，放在门前桌上，白色小屋顿时充满了爱。爱生活真好，除了常常看见美，还可以创造美。

下午坐船去圣岛，上船的时间尚早。因为早上起得太早，现在又暴晒在烈日下，我开始犯困。我一屁股坐在马路牙子上继续晒，连着昨天在船甲板上兴奋地被晒了几小时，现在胳膊脖子已经呈两截颜色，再多晒几日，肯定晒出欧洲人喜欢的小麦色肌肤。我把围巾包在头上，戴上墨镜，把斑驳的铁皮行李箱放在身旁来遮挡阳光，若手指再夹上一支烟，就会有街头吉卜赛人放荡不羁的感觉了，这布景适合上演侠骨有柔情的动人故事。

两小时的船程后，终于到了这次旅程最核心的地方——圣托里尼岛。圣岛是由火山爆发形成，形似环状，后来地壳运动，使几个小岛从母体上分离，这是之后我们去红沙滩时，用黑纱做木刻的木匠告诉我的。主岛像个母亲，而分离开的小岛像母亲的几个孩子，如此解释更为这里增添了许多爱意。岛屿的内面是高耸的悬崖面，外面是斜坡，逐渐向下形成各种色彩的沙滩面。码头在岛的内环，迎接我们的是黑色悬崖，山顶的点点白色与黑色山石形成很明显的色差，恍惚间又好像站在玉龙雪山底看见白雪覆盖的山顶。

为什么能吸引我的地方都会跟丽江这个城市扯上联系？这让我想起一个故事，当发现身边出现了一个与初恋相似的人时，无论是神似还是形似你都会对他产生莫名其妙的好感，甚至爱上他。理由只有一个，因为他会让你想起曾经美好的一切。虽已离开丽江，但却在世界的另一头遇上了另一个丽江，命中注定我与丽江的缘分难以割舍。

大巴在岛屿山路上盘旋，右边是一望无际的蓝色海面，下午5点的太阳给海面洒了一片闪闪的金光。左边是稀稀疏疏、错落有致的白色小屋。我们一路向山顶爬去，由于今晚的日落时间是8点，圣岛的西边尽头是依呀小镇，那是观日落最好的地方，于是我们第一站前往依呀。站在广场聚集地，脚下就是沿着悬崖壁建成的层层叠叠的白色小屋，满眼的白色中时常可以看见醒目的蓝色，这就是蓝顶的教堂。

这里的小屋多为小酒店、咖啡馆、小商店。由于米岛的地势较平，所以没有居高临下的层叠观感。这样的景象，不管是在书上还是在影视作品中，都显现出了对圣岛的最初印象。面对此情此景，我们目酣神醉、流连忘返。现在回想起来，却发现那并不是最美的，更让人陶醉的美景还在后面。

我们穿过陈列着各种工艺品的小店铺，狭小的街道上挨挨挤挤的都是去往同一方向观日落的人群。我们一直向前走，没有跟随人群挤向最佳的落日观景点——古堡。从那里应该可以拍到落日下层层叠叠的白色小屋从红变成金再变白的多色转变过程（明信片上的图让我这样猜想）。

我们走向山的另一面，看不见山上的小屋群，观景的人也不多。正前方是一望无际的海平面，点杯橙汁，我们坐下，太阳离海平面还有一段距离，它的光辉把周边的云彩染成了以红金为主色系的一条宽宽的晚霞丝带，海水已经不是蓝色了，在五彩天空的映衬下，只见深蓝近黑色的海平面上金波粼粼，远处海面上的小山岛也变成了金色的剪影，有一两尾游艇在海面上缓缓驶过，让完美海面拖出一条细细长长的痕迹，反而更加生动。生命亦是如此，一帆风顺事事如意不叫生活，挫折烦恼在风平浪静中掀起涟漪才是真实的日子。

  站在栏杆前，我们也被太阳神圣的余晖染成了金色。何大叔的镜头里的主角本是落日，可不小心我却进入了方寸景中。镜头中的我，穿简单的白色宽松麻衣裳，头发在脑后简单束了个发髻。一副干干净净的样子，太阳余晖映衬下无欲无求，这偶然跃入的美，让我瞬间想与落日争宠夺爱。太阳一点点落下，我在它神圣的光芒中或双手合十虔诚地祈祷，或安静闭眼仰头吸收天地灵气……就这样，融入太阳余晖中的我与圣岛最美的落日构成了一幅相融的画面。与圣岛太阳偶遇的情缘，算是最美的艳遇了吧！

  还没从这份落日的美好回过神来，集合时间就已经到了。我们原路返回，又遇上了正在升起的月亮。在那最高处，皎洁的月光，让刚刚还是热情奔放的有如金发野性女郎的海面，瞬间变成了宁静的不惊不扰的孤傲女子。山峦上的白色屋群都已亮起了星星点点的灯光，白色显得更纯净，我喜欢这样的安静气质，可以容我思考，可以许我修心，可以让我融入其间成为一体不惊不扰的美丽。

  在米岛最好的住处应是海边，而我们住在山上。在圣岛最美的住处应是山顶，可我们却住在山脚下偏僻的海边。晚上9点才入住，小酒店是个干净美丽的小庭院，有私家泳池，白墙上爬满了各色美丽的花，比在米岛住的地方要舒服得多。晚上好冷，只盖着薄薄被单的我被多次冻醒。此时特别想念咱家温暖小栈，它的暖心温馨真的可以与世界各角落的酒店相媲美。

5月4日：圣岛的爱

我对圣岛是充满期待的！圣岛的第一天早上，我们随着导游去了红沙滩。火山岩浆让火源中心的岩石沙变成了黑色，让次于中心的岩石沙变成了红色，但黑沙红沙其实比我们常见的沙子要大许多，准确地应叫小石子。我穿着小白鞋，总是担心走在黑沙红沙中鞋子会变成黑色，因为之前关于置身一片黑沙的印象只有在煤场。

我很喜欢这随处可见的黑石子。若不是路途遥远，加上何大叔的反对，我真想带一大袋回去，分装在各式各样的宽口透明玻璃瓶里，点根小蜡烛在其中，硬的石头，软的烛光，瓶子干净透明，真是一幅美好的刚柔并济的和谐画面。若是自己不能如愿经营一间花店或是咖啡店，真是浪费了我对美好的感悟。

红沙滩游客稀少，主要景观地是一座悬崖峡谷，海滩边有很多散落的大焦石。千万年水与石的刚柔斗争都永恒不变地存在着，水日日冲击着挡住它前行的石，石夜夜守护着留住水的清域，理不清，剪不断，成了别人看不懂的风景。

如今不是旺季，沙滩的游客很少，只有一个木匠在那里雕刻着几块木板，地上放着七八块已成形的木质作品——圣岛地形，被刻下去的凹处被就地取材的黑沙填满，很有质感的手工艺品，最主要是雕刻的人看起来很朴实。那天阳光很晒，他就坐在那里一丝不苟地忙着手里的活，我花40欧买了两块木雕。

用蹩脚的英文与他进行了简单的交流，我了解到他来这8个月了，天天都在这儿，每件作品的制作至少需要4小时，他喜欢中国，他知道中国木匠是最好的木匠。

他还告诉了我圣岛地图的寓意，但我只懂跟他说：中国欢迎你！你很棒，你的作品我会带回中国，而且会一直记得你。我们彼此拥抱并合影道别。人与人的相遇有时只是一瞬间，也许此生不会再相见，但记忆将会存留一辈子。

登上最高点俯瞰了整个圣岛全貌后，我们又去了圣岛最著名的可以饱览全景的麦拉蓝顶白教堂。在圣岛这样的教堂无处不在，但由于《国家地理杂志》上出现了它的相片，于是很多圣岛对外宣传都用它代言，它因此而闻名。

经常有很多幸福的恋人来这里拍婚纱照。确实，这么美好浪漫、纯净有爱的地方真的适合携最爱的人同来，一切美好会更加珍惜，一切错误都会被原谅！

圣岛由于日照时间最长，所以盛产趴在地上长的葡萄，于是我们导游邀请大家去葡萄酒庄园品尝红白葡萄酒。庄园美景依旧，依山傍海白色桌椅一溜排开，玻璃栅栏，白色木顶。在这么美丽的地方，就是不懂喝酒的人也会装装范儿应应景吧。红葡萄甜得像止咳糖浆，不过正适合我，喝了两杯后居然有些小兴奋，心情美景美人也应该挺美！

下午我们取消了与游艇出海的行程，决定在剩下的时间里好好地拥抱麦拉这座小城。我们一路向上，却不知道路的尽头在哪儿。我甚至担心这样沿着岛的背脊走下去，会走到看日落的伊亚小镇，因为红沙滩上遇到的木匠让我更清晰地认识了圣岛地形。越往高处，游人越来越少，越走越兴奋。

这种美不同于这几日所看到的美，当我们随着人群去往目的地时，心里早已知道前方有一处人间仙境等着我们。果然，到达后看到美景的我们不禁发出阵阵惊叹，接着就是一阵狂拍，没有意外，一切都在预料之中，的确美得惊喜。而此次，没有人告诉我们该去哪儿，前方有什么。

我们就这样停停走走，两人在逐级向上的石阶上说过往、论人生、谈未来，携手前行时，可能就在前一转角处，我们共同发现了最美好的景色，俯瞰蓝的精致，海的辽阔，白的纯净，帆的前行……与爱自己的人一起，此时此刻一切都是最美好的。

我说：相识相知17年，你都快把我养成了汉子，不是我们不懂温柔，而是根本没有环境去享受温柔。

为家打拼，为自己的梦想奋斗，为承诺众人明天会更好的事业努力，却从没有为爱人的浪漫柔情计划过。事业渐渐起色，孩子也逐渐长大，原本以为这些爱存在心底就好，其实，女人心底里永远做着一个公主梦，想去最美的地方，想被最爱的人呵护！这是女人一生都在追求的幸福。

戴着那顶宽檐的草帽，穿着白色衬衫短裙，我在一路前行的小径上开心地转圈，何大叔为我抓拍这自然流露的幸福瞬间，我一定笑得好美。在这最美的地方，没有别人、没有目的，只有我们——一路相伴十几年的爱人。我说：回去后，如果再生个孩子，那么这次出行留下的相片就是镌刻爱情的美好记忆。

前往麦拉小镇，只允许我们走完一直向上的路径，相信沿着悬崖一直向下的路也会很美。留些遗憾，因为我还会再来，一年一次，和丽江一样，至少钟情9年。再来，不跟团了，找悬崖边住下几日，街上逛逛，海边转转，看看书晒晒太阳喝喝咖啡，漂洋过海几天就好！

晚上回到酒店给亲朋好友写了40张明信片，每一个人祝福语言都不同，整整写了两小时。这些明信片能否漂洋过海飞到各位亲的手里，我没有把握，收到就是好运，收不到的也会因我在异国他乡想念着你的名字而有心灵感应

5月5日：在爱的浇灌下花草茂盛

圣岛第三天 12 点退房，两点钟将坐八小时船离开圣岛回到雅典。因为一早赶去小镇太远，不想把行程搞得那么紧张，让自己筋疲力尽，所以我决定睡个懒觉，然后去酒店旁美丽的黑沙滩走走。希腊与中国时差六小时，今天是第 6 天，我们在前两日就已开始习惯欧洲时间，但想到明天就要打道回府，又得调整时差，不免深感落寞。吃完早餐开始收拾行李，不知不觉大行李箱已经满了。每次出来都想着要给各个亲友带手信，蚂蚁搬家填满了一大箱，可回去分发时，却总是不够。

在我收拾行李时，刚吃完早餐的何大叔居然在床上又睡着了。因为时间尚早，加之今天没什么计划，所以就由他吧。收拾完行李，我独自到酒店园子小坐，在这住了两晚，每天早出晚归，还没有好好品味客栈的精致。

酒店两层楼的小庭院，统共也就20间房，拥有自己的私家泳池。这里的客栈不管大小，好像都有配套泳池，院子被收拾得干净利落，帅帅的管家服务很好，做事爽快、笑容亲切，院子里的花草藤蔓争奇斗艳，一直相信凡花草长得好的地方都是有爱的地方。今天穿T恤短裤，扎了个歪歪的马尾，找了个台阶处坐下，抬头望天空，微风拂面，背景是红花藤蔓白墙。

10点半，太阳已经很热情，门外沙滩椅上已坐了很多日光浴的人。在国外，拥有小麦色的健康皮肤是一种骄傲，因为只有有钱也有闲的人才能去度假，才能让自己享受在日光浴下，晒成人人羡慕的颜色。在这里，不管你是胖还是瘦，身材婀娜也好丰满也罢，一律三点式比基尼，也时常见到上身完全裸晒的美女。想想我行李箱里那套有着小裙摆的泳衣，简直就是奇葩，如果穿着它出现在这里，一定是个笑话。

我喜欢黑石子的沙滩，但石子太烫脚就没敢脱鞋。由于海沙是黑色，所以海水就被映衬成了深蓝黑色，特别有厚重感，好美好美。我的美学观其实是矛盾的：喜欢简单的清纯，又中意厚重的质感，如果某事某景某人某个物件把这两个不同种类混搭在一起又能和谐相处，那么就是我追随的刚柔并济最永恒的美。

下午3点，我在码头买了40张邮票，很久没寄过信了，没有胶水，问导游邮票怎么贴，导游干脆地回答：用口水。"哦！"结果是，现在的邮票早已是不干胶了，撕下贴上即可。在美丽的圣托里尼岛上，我将明信片投入了那黄色邮箱，让它们带着这美丽地方的气息，漂洋过海飞到各位亲手里，同时祈祷它千万别掉进海里。

船上8小时，途中欣赏到了美丽的落日景观，很多人都出去享受这美丽瞬间了，不出去观景的人也早已睡去。而我始终没动，一直在写这篇文字，随着心中留存的感知把它变成文字，一气呵成。回家就意味着与现实接轨，该忘记的不用常想起，该做什么就认真去投入，只有这样，才能换来下一次理所当然地为自己放假的出行。

别了，雅典

最后一夜在雅典酒店，终于有了畅通的网络，我想在回到现实前把该做完的事情弄完，结束休假状态，所以整理、发送微信直到凌晨3点半，还有很多美景美图没发完。实在发困，最终还是强迫自己去睡觉了。最后一条微信放了张两人的背影图，算是告知天下最美的地方我当然是跟最爱的人一起去的。

早上7点，睡了3个半小时的我精神尚好，今天是旅程最后一天，行程还有雅典娜、宙斯神庙遗址，都是希腊的神灵祖宗。千百年来，一样是经历了各种侵略战争留下的破壁残垣，千年的历史故事不知被多少后人篡改，留下的是否真实已不重要也无从考究，重要的是故事中的主角依旧存在。

我想起公司给新员工开展的企业文化宣导课，聘请多界培训专员来讲解，某次我心血来潮去听课，发现自己十几年创业的历史都被偏离得有些离谱，这几千年文化在众人的口口相传中肯定更是面目全非。导游说雅典娜神庙的修复是从1975年开始的，至今几十年过去了，依旧在修复，所以现代的钢筋脚手架、起吊机与这残旧斑驳的大理石残垣成了游客相机里一道40年不变的风景，此情此景都可以成为古迹了。

购物的时间导游只给了1小时，优雅姐姐们以百米冲刺的速度直奔目标品牌。我们没有什么目标，因此可以随意闲逛，偶遇书店，买了一堆有希腊风情的本子作为手信送给家里守候的亲们，虽是件美事，但重得不行，费了好大的劲儿才它们装进了行李箱，何大叔又花了6欧把箱子包了个严严实实。结果办登机牌时因为行李箱超重不得不拆分装，真够折腾的。出外带手信不可怕，怕的是现在需要带手信的人太多，买了一箱东西漂洋过海沉沉地拎回去，分赃的时候依然会捉襟见肘，这算是家大孩子多的苦恼了吧!

从雅典乘两小时机到埃及，此次坐在窗边。行到埃及上空，俯瞰全城，埃及黄沙漫漫没有其他任何颜色，但房子街道规划方方正正十分整齐。期待可以从高空看见金字塔，但没能如愿。我还没在希腊蓝天白屋的清爽色系中睡醒，飞机就突然降落在一片灰蒙蒙的尘埃中，犹如天堂地狱，色彩是一门学问。

希腊的色彩让你心旷神怡，而两小时航程外的埃及色彩却让人抑郁，想必这座城里的人也定是缺乏热情，眼睛所看到的与内心世界都是漫漫沙尘无法明晰。这点在埃及机场的购物服务员身上体现得淋漓尽致：缺爱少笑不主动，表情永远是木讷的，所以店铺生意冷清。气场也好，激情也罢，不仅无法点燃购物者的欲望，甚至会浇灭它们。

再次登机，再坐12小时飞机就可绕地球半圈回到咱最爱的国家，我已经在座位上睡了好几觉。一上机就睡个天昏地暗，一觉就睡回了中国。

觉醒了，我们的旅行也结束了，好像梦一场。在下一场梦来临之前身心都将彻底回归，点燃激情为燃放青春努力革命!

女 人 向 上 法 则

生命亦是如此,一帆风顺事事如意不叫生活,挫折烦恼在风平浪静中掀起涟漪才是真实的日子。

人与人的相遇有时只是一瞬间,也许此生不会再相见,但记忆将会存留一辈子。

丽江之行

对一座城留恋十年有加，而且依旧会继续下去，这叫执着吗？

多年前的某次丽江之行后，我也曾决定不再轮回，让这个持续多年的城在心中搁浅封尘，曾经的熟悉或许事隔多年后，再见时能生出惊喜。

可每到年末的11月，闭塞的脑袋就开始习惯性拒绝接受任何事物，每天虽然朝九晚五去上班，可心情却莫名烦躁。

只有把自己丢回这座城，浸泡回纯净的空气里，蜕掉现实中沉重的壳，接受孤独的洗礼，才能让细胞焕发重生。

一个人在一个与自己无关的城里，惜秒如金地享受这份寂静。

内心空空的，思绪淡淡的，行动慢慢的，释放细细的，

感悟微微的，一丝一缕地去梳理清洗积尘纳垢快透不过气的现实心。

艳遇

> 他们说：在丽江艳遇不是要遇到什么人做什么样的事，艳遇其实就是遇上一群待你真诚如老朋友的人。那么，我想说：我们艳遇了！

那天，午后闲逛。准备择一处有阳光、有歌声、有咖啡的地方待一下午。

因为听到一首老歌，我们走上了一个阁楼。这只是丽江城里一个白天听音乐晒太阳，晚上灯红酒绿的普通酒吧。

歌者抱着一把吉他悠然地唱着他的歌。坐在靠窗的地方，依靠着木墙，窗外阳光正好，伴着歌声，我慵懒地看着走在青石板路上的人们，小河边摇曳的杨柳枝，蓝天下层层叠叠的瓦顶楼檐，手机中的朋友圈里还时不时溜出来不带恨意的调侃羡慕……

歌者每一首歌都唱得很用心，必是先感动了自己才会如此动人。我也不再左顾右盼，开始专注去听每一首歌。

阳光一寸寸下移，月亮已经准备开始升起时，才发现一个下午就这样过去了。丽江城里没有陌生二字，在闲聊中，知道歌者叫子豪，居然和我是老乡，他的师父是《中国梦之声》20强朱国武。

晚饭时间，我们与子豪相约晚上再来。子豪告诉我们，晚上他们的乐队会更精彩。我们原以为这只是希望再来帮衬生意的托词，并没有太在意，因为古城里酒吧太多，找老乡支持一下无可厚非。我们也并没有打算再去，因为感受不同的氛围，听听不同的声音，应该是过客们正常的想法。

晚8点，古城已处处灯红酒绿、人群如织，街边商铺还是重复卖着那些民族特色的商品。来了8次丽江，早已对购物没有了任何兴趣。街边很多可以吃简餐又可以喝酒、听歌、艳遇的酒吧都开始繁忙工作了。

我们找了一处灯光红得较和谐,歌声有些动听的店铺坐下。点了份史上最难吃的蛋炒饭和两瓶"风花雪月"啤酒,准备坐下就不挪窝儿了。对两个女人来说,来酒吧如果不是为了艳遇,唯一的目的就是听好歌。

第一个歌手自弹自唱,他的歌声把我们吸引而来。但因此时客人不算多,歌手似乎少些激情。而在麦的位置贴着"点唱50元"的A4纸,更是让歌者与听者距离遥远,这让我想起了下午刚去过的让我们随意点唱的酒吧。

半小时后,第二个歌手上台。他留着小胡子,一副浪子形象,几首歌曲后,我动了想离开的念头。走之前写了一段话发给了正在车馆唱歌的S-KING乐队:"歌者的演唱若熟练到失去了质感的程度,他的演唱必是失败的。因为没有心的事物,是机械不是生命。生命需要真实的喘息,感动不了自己何以感动别人。"

把歌唱得和背书一样熟练,音色再好都无法让听众融入。或许,歌者只是在工作,为啥要跟你融入呢?我自嘲我的天真。

离开这,10点半。在夜夜笙歌的古城回去睡觉实在太早,于是两个女人决定去找子豪。上了熟悉的二楼,四人阵容的乐队正在唱歌,不大的酒吧里座无虚席,都是喝得正嗨、随着音乐左右摇晃的客人。我们跟台上拍手鼓的子豪点头打了个招呼,服务生很亲切地说,给我们留了下午坐的位置。

顿时觉得我们真是太不地道了!我们用生意人的脑袋玷污了别人的真诚。还是老位置,还是两瓶"风花雪月",店里的主人时不时过来跟我们打招呼,知道我们是子豪的老乡后,便很随性地聊着,也很客气地送来些瓜子米花。我更觉得我们真太地道,我们随口一句当戏言的承诺,别人却很认真。

古城新规定，11点所有酒吧就不允许用麦唱歌了，怕影响客栈客人休息。实在有些不解，谁来古城后会在11点睡觉啊？那天乐队的最后一首歌，歌者说送给我们——两位远方的朋友，子豪的老乡。唱的什么歌我忘记了，因为他们演唱时我心里一直在内疚我们真是太不地道。

乐队演唱结束后，在子豪的介绍下，我们认识了乐队搞笑开心的豆腐，四秒喝完一瓶酒的七哥，还结识了真诚会拍照的姐夫。这样，我们决定接下来的两个下午和两个晚上不再挪窝了，因为这里熟悉得跟老朋友一样。

我们每天上午在"猫的天空"喝咖啡看书写字，每天下午来这里的窗边发呆、晒太阳，晚饭跟他们一起吃当地人吃的腊排骨土鸡汤，晚上再回到这里做最忠实的听众粉丝。

我们喜欢听七哥深情地演唱每一首情歌，听豆腐哥在演唱中超级震撼的各种诙谐浪荡刺耳的声音，听子豪每一首感动着他也感动着我的歌曲。每一晚，我都坐在同一个位置，看着他们的侧影，听着他们的声音。

我知道他们每换唱一首歌，吉他手都会用一个夹子夹住吉他的一个音阶；我知道每一个鼓手用手掌拍打手鼓前，都会在墙角处找一块创可贴贴在手指的某个关节处，不同的人贴的位置不同；我知道在歌曲的开始部分，乐队手鼓和副音吉他都不演奏，当准备进入高潮阶段时他们才会加入；我知道歌曲结束时手鼓的最后一个音一定连续拍击多次好像在营造掌声；我知道每一个歌者在歌唱时，观众听到的是他们动听的声音，看到的是他们自信的笑容，但其实在舞台灯光的烘烤照耀下，他们的脸上已全是汗水……

昨晚，丽江的最后一晚，子豪送给我们的一首丽江本土歌曲，直接让我泪眼蒙眬。我相信我车上五年始终没换的那两首《滴答》和《一瞬间》，回去后就会改变。听着它时，会想起2014年丽江的空气、阳光、雪山、音乐、朋友，那一段不一样的故事。

他们的店在小河边拐角处的二楼，一个有阳光有楼阁的地方；他们的歌真的很好听，每一首歌都用心地感动着听歌的人；他们的人真的很真诚，记住别套用生意人的现实去结识他们。他们是——人民公社酒吧！

他们说：在丽江艳遇不是要遇到什么人做什么样的事，艳遇其实就是遇上一群待你真诚如老朋友的人。那么，我想说：我们艳遇了！

大冰的小屋

十几年，一切不变，只有三层炕台上一茬茬的面孔在变。

天很冷，这屋很暖。

大概8平方米，可以同时坐下四十几人，上上下下摞了三层。别不信，真没人觉得憋屈，非常享受地挤着，听歌听故事。

小屋很破，脚下都是一拨一拨的客人留下的还没来得及收拾的各种空瓶子，一不小心脚下就会传来叮叮当当的碰撞声。仅够放一张茶几的屋子正中摆满了还未喝完的"风花雪月""卡萨蒂卡"（豆奶），搪瓷缸里的烟蒂也已经攒了半缸。

上二三层舱位的来客是直接踩着一层坐垫爬上去的，下雨天湿漉漉的脚也就这么直接踩上去。放在石阶上的布垫子已漆黑油光。时而开关的、仅容一人侧身而入的那种最原始的木头插销木门，在吱吱嘎嘎声中迎来送往。

来小屋的多为80后的男男女女，女的永远占多数，都被大冰那"既可朝九晚五，又能浪迹天涯"的宣传语彻底地毒害着。在分享故事的环节里，有一个长发披肩的美丽女孩，声音娇嗲得让女人都无法不心疼，她说大冰是她的男神，她来小屋就是为了见大冰，见不到誓不罢休，见到了只为索取他的一个拥抱。

可怜的孩子，真为你着急，如果这么执着地爱大冰，就先买几本大冰的书看看吧，朝九晚五浪迹天涯的大冰只会在春节才最有可能来丽江小屋，你这样傻等，大冰知道了会打哭你的，你信不信？坐在小屋里的热爱大冰的男男女女们其实都拥有着相同的气质：没有浓妆艳抹，没有豪迈土金，他们的共同标签是"文艺青年小清新"。

唱歌的斯文男孩只有 18 岁，一脸稚气，一把吉他，嗓音低沉地吟唱着他的歌。歌唱间隙与大家分享着他的故事，他的故事讲得并不好，断断续续。我离他那么近都时常听不清他在述说什么。说他离世的妈妈，说他爱着比他大 5 岁的姑娘，说他依恋着家，自己还没长大就漂泊天涯。

一帮人为唱歌的人和着音，地洞锥子般的小屋环绕着厚重的回音。每个小时轮换着不同的歌手，他们只唱民谣。小屋太小，就如面对面轻吟只唱给你听。歌曲几乎都来自他们的原创，他们脸上洋溢着一种其他地方歌者没有的清傲，不痞不俗不用费力讨好。我认真唱歌，你好好听歌，规矩就是别说话别打扰，40 元一瓶酒你爱坐多久坐多久。

小屋在古城里已经有十几个年头，当年属最偏的五一街尽头，现在已繁华热闹。古城里商业的流行趋势变化已历经无数，可唯有小屋，窗还是那个窗，只是近年来被摆上了个光头强站岗；门还是那扇门，天天吱吱嘎嘎地响；炕里还是那张被啤酒浸透了的台；土墙老得早已不会掉渣，墙上的相片已进化成土墙的颜色……十几年，一切不变，只有三层炕台上一茬茬的面孔在变。

11 月的雨天，很冷，只有这屋很暖，很暖。

石头城印象

> 晚上，我和小薇睡在她的新婚床上，床依旧如柔情蜜意客栈般的温暖。崖下是金沙江。窗外，是崇山峻岭山峰的剪影。头顶满是闪烁星空的苍穹，我在它的怀抱中，好安静好安静。

金沙江旁有一座山峰，在山峰脊梁上千百年来生存着一个民族：纳西族。白墙青瓦的民宅，一座座在山峰上遍布。祖先选择住处的敏锐，应如燕子筑巢，风好水好气好的地方，适应生存。所以，才会有这座神奇的城：石头城。

三小时，我们从颠簸的山路走来，终于到家了。车只能停在山顶一片并不大的停车坪里。陡峭的下山路，石阶楼梯，都被原住民几千年的双脚磨得玉滑。石头路上，随处可见的是马粪、牛粪、驴粪各种粪，原始就是这个村子的本色。这个城里，所有的大件物品除了靠人用背篼背上几千级台阶，就要靠马、牛和驴来驮了。牲口是这里唯一的载重工具，甚至也是这里除了种田外的生存工具，所以家家户户几乎都养着各种牲口。

上下台阶的乡亲们路过看见和军（人名），和蔼的笑容绽放在他们深深的皱纹里。出城的孩子回家了，乡亲们朴实地嘘寒问暖，乡亲们看见他们仿佛就看见了山外世界的繁华。和军说，他是石头城历史上个头最高的汉子，所以没人不认识这个魁梧帅气的纳西汉子！土坯做墙、木头做架、瓦檐做顶，这里依旧是最原始的样子。我也算是农村的孩子，对这些已很习惯。村里住的多半都是老人，陪伴他们最多的是各家养的牲口。老人们在这午后时光都习惯到村里一个小广场去晒晒太阳打打盹，听听他们喜欢听的纳西古乐，悠闲安然地过着与世无争的日子。上上下下爬了很多台阶，终于在崖边看到了和军的家。妈妈在门口应该是张望了很久，终于看到我们

出现时，她的脸上绽满了笑容。身后是一直跟妈妈生活在一起的瞎了眼的姨妈，她听到了孩子回家的声音后也露出幸福的笑容。

院子不大，一栋木屋已快倒塌。干玉米棒子、玉米粒、大大小小的老南瓜堆满了整个二楼，这些都是两位老人在自家地里为家里养的猪啊、牛啊等牲畜准备的一年的粮食。妈妈在院子里忙着杀鸡、洗腊肉、收割屋后的青菜，这些菜是只有在过年过节或者远方来客的时候才会有的最高礼遇。在村里，赶集也得去几十里地外的宝山乡，每逢初一、十五才可以买到新鲜猪肉，所以鸡是只有客人来时才会上的主菜。

走了一天的山路，来到这原始的地方，闻着用柴火烧的饭菜的香味，我们的肚子叽叽咕咕一顿乱叫，这可是真的饿了。院子里，吃饭的桌子，从角落里搬出来,已满是灰尘。儿女应很久没有回家了,两位老人吃饭只在灶边,所以桌子、椅子只有儿女回来才用得上。就着星光,我们吃着美味的家乡菜,喝着家乡自酿的酒,小薇、和军、金哥、东升哥和我,谈男人女人,谈曾经,谈未来……

晚上,我和小薇睡在她的新婚床上,床依旧如柔情蜜意客栈般的温暖。崖边是金沙江,窗外,是崇山峻岭山峰的剪影。头顶满是闪烁星空的苍穹,我在它的怀抱中,好安静好安静。

睡了,一个梦都没有。

女 人 向 上 法 则

没有心的事物,是机械不是生命。生命需要真实的喘息,感动不了自己何以感动别人。

西藏游记

三日藏探

这两日,我在雨中闲逛误入了藏民的深巷,在热辣的阳光下与虔诚信徒绕行了布达拉宫,三次进入大昭寺仍感动得泪流满面,顶着高反在夜晚执意去了青唐酒吧,还不落俗套地跟随一日游见识了藏医,踏进了藏族民居,吃足了牦牛肉,喝醉了藏茶……

为信仰,试入藏地 48 小时。

本书有两篇关于西藏的文字,此篇是我人生中第一次进藏,目的是陪爱人,为这一年 9 月即将进行的车主自驾游先行试探,看看是否适应人人恐惧的高反。要知道他可是一个生活在海岸线边的广东大汉,海岸线意味着地平线,而我们即将去的地方最低海拔都在 3000 米以上,如果他在不带任务的情况下都无法适应,就更别提带着一队人马来回行驶 8000 公里完成任务了。

他把即将带队进藏的西藏自驾之旅称为信仰之旅。

从进入汽车行业第一天开始,能带领车队进西藏便成为他的梦想,20 年来他矢志不渝,把进藏奉为自己的信仰。

今年五一,梦想终于成行。可惜,我们只有两天时间,所以只能选择坐飞机。由于小长假人满为患,票价昂贵不说,还辗转了三趟飞机。

刚下飞机,自我感觉良好,没有传说中闻藏色变的高原反应。其实根本不懂反应了会怎样,只是觉得一切跟以往没什么不同。

去了趟洗手间。没看镜子前,一切都正常甚至还有点小兴奋,可一看镜子,高反就立刻扑面而来。镜中的自己脸色蜡黄无光,眼神空洞无神,头发凌乱枯黄,整个人瞬间便有了头晕胸闷的感觉。

人的确是被病吓死的,没错。

拉萨用一个白日稀有的雨天迎接了我们,气温仅十几摄氏度,由于下雨再加上缺少氧气,我们的情绪温而不火,蔫蔫的提不起劲。司机说,缺氧让这里的一切低八度,慢三拍:太阳晚三小时落山,节气慢三个月。

本应是三个月前开放的油菜花,此刻却在沿途路边的田间竞相绽放。司机说,来到高海拔,一切声音都会变得弱而低沉,不信你们听听。他按了按汽车喇叭,果真是闷闷的"吧吧"声。

铭仔一边大口喘气,一边感谢着司机的关心:"挺好的,这里好,我没事。"自然形成的三字经句子,为了方便喘气。

机场到市区,一小时的车程,司机与我们侃侃而谈,我们却因旅途劳累昏昏欲睡。

缺氧，让一切变慢。

半睡半醒之间，我好像做了个梦，梦见我们像一粒微尘，掉进了一个庞大的封闭空间，仿佛是一颗巨大的心脏，震耳欲聋地搏动着，我们身处在能量场中已没有了控制自己的能力，只会跟随着它的搏动起伏着，不知何时才会停下来……

只有两天时间参观这片圣地。因此，高反也好，震撼也罢，争分夺秒地深入了解感受它的魅力是我们这两天唯一的计划安排。

这两日，我在雨中闲逛误入了藏民的深巷，在热辣的阳光下与虔诚信徒绕行了布达拉宫，连续三次进入大昭寺都被感动得泪流满面，顶着高反在夜晚执意去了青唐酒吧，还不落俗套地跟随一日游见识了藏医，踏进了藏族民居，吃足了牦牛肉，喝醉了藏茶……

这两日，需要听、看、闻、悟的东西随时闪入我的五官，应接不暇地闪现在我的各个感官中，不断塞进增添我的脑负荷。由于用氧量增加，我的大脑一度进入愚钝状态，根本无法在稀缺的空余时间淡定地用文字卸载。

太多需要记下的画面，我只能借助手机拍下每一个触动的瞬间来帮助脑细胞正常时恢复记忆，谁知68G的内存卡在硬挺了20小时后，被高反击败直接罢工。

48小时所发生的一切，最后变成了间歇地在备忘录上记下的上百个关键词，希望它们在我回到平原时能串接成连贯的句子，帮助恢复记忆里的画面。

在不断的见识中，最初想"认识"拉萨，这二字在48小时结束后看来，显得过于轻狂。

此篇就写写眼中的拉萨吧。

信仰

信仰产生的强大能量磁场影响着这片土地上所有与他们交集着的生命。

形容西藏最好的词当属"质感"。这个词在我的字典里属于无可替代的最高褒义词。它是个形容词，形容着最真实淳朴的人、物、景。

眼里的拉萨，有着很绚烂的色彩，很厚重的实木，很沉重的经纶，很古老的寺庙，很虔诚的佛心，很黝黑的肤色，很沧桑的容颜……一切的一切都经历过风霜雪雨、严寒酷暑的冲击侵蚀，信徒们却始终享受着这苦行僧般磨炼的生活。

信仰产生的强大能量磁场影响着这片土地上所有与他们交集着的生命，当然，也包括我。

巨大磁场散发着不被察觉的辐射线，触击着每一个进入这片土地的生命，这种能量会从头顶穿过胸腔经五脏六腑再扩散到每一寸肌肤、每一根神经末梢，最后通过触及土壤的脚底回归天地，被尘世污染过的生命体会从此变得透彻干净。

所以，把那些即将送去监狱的罪人先送来这片土地，神圣的磁场能量先彻底滤净他的心灵与身躯，再送回去忏悔为私欲犯下的罪孽，必定从此心甘情愿地改过自新。

我们所住的客栈就在交通方便的八廓街旁，离大昭市只有五分钟路程。

拉萨的太阳很晚才落山，8点的天空依旧敞亮，八廓街上琳琅满目的藏饰品、各类玛瑙玉石对我来说都没有多大吸引力。

只有两天时间，我最愿意去的地方就是自己一遍又一遍地去接近、去感受、去探究的，让所有生命为之旋转的唯一信仰——大昭寺。

第一次进入大昭寺是在住进客栈，阿铭昏睡了两小时后的下午5点，此时太阳依旧高挂，第一次看见所有信徒动作统一、五体投地地虔诚祈福，无比强烈地震撼着我：四观被蒙蔽，只有眼中浮动着这些身体上上下下起伏的人。于是，我去了第二次，平复好内心再去冷静探知信徒们的音容神情，看懂了才能把这画面找到最恰当的文字记录并从中再现我的感动。

跟随他们顺时针一圈圈地绕着大昭寺转圈，大昭寺就像是个超大的钟面，而所有转经的信徒们就像是分针、秒针，那些三步一叩首的磕长头者们就像时针，世世代代分分秒秒永不停歇地转动着。我看不见他们的正面，因为在随着人群前行时，回头张望或停留，都与这永不停歇的敬仰格格不入。

所以眼里只有形形色色的背影在我前方，他们或老态龙钟地蹒跚，或神采奕奕地雀步，或弯腰驼背地挪行。他们有三五成群的僧侣，有拖儿背女的妇人……他们口中念着真言，一串被揉捏得光亮的佛珠，在手指的揣摩中一粒粒穿行过五指，金银铜色的经筒，在右手上随着身体前行的晃动永不停歇地转动着。

不敢回头，只能常常侧身望向身边的藏民们，他们认真专注地向前行，已经习惯了游客把镜头对向自己，所有人都在专注地做一件事，而我却左顾右盼地关注着他们的形态，观察着他们的神情，偷拍着他们的背影……实在忐忑，这是对圣地的不敬，所以离开前一定要来第三次，因为总要有一次与所有前行者一样，只为对信仰的虔诚。

第四篇 女人向上，抵达内心和远方 | 163

转完经的信徒们，会聚集在大昭寺门前的广场上，任何一个时段，不管是白天黑夜、无论是刮风下雨你都会看见他们朝同一方向朝拜。他们铺在地上的各种垫子经历着风尘，原有绚烂的色彩与图案和他们脸一样，灰沉沉的，只剩下沧桑一个色系。

祖孙信仰

双脚合并、站立、举手过头顶、双手合十、触碰额头、胸前、屈膝、跪拜、身体前俯、五体贴地、伸手合十、停顿三秒、收双手、回缩前身、跪膝、起立……一生不计其数的五体投地让他们的额头早已被土地磨砺出了自然生成的厚茧，这是神灵给虔诚信徒的标记，他们引以为豪。

不同肤色的游客怀着各种目的聚集于此，他们习惯在大昭寺的墙根找一个角落晒太阳、听梵音、在不断的旋转中打瞌睡。我也择一处空地盘腿坐下，他们一遍遍重复着朝拜，我的眼睛一次次地与他们的动作同行，不觉间泪水满溢。

一个不足一岁的穿着开裆裤的孩子跟随身边的老人在朝拜。他是那么小，小到在起起伏伏的人群浪潮中常常看不见他。或许孩子连如何独自吃饭都不会，可他却顺畅地做着这一连贯的朝圣动作。他还是个贪玩的孩子，时常会在把玩自己手指的过程中忘了自己前来的目的。没有人会在意，因为在所有朝拜的人眼中只有坐立在寺里的释迦牟尼佛。孩子玩上一会儿，抬头看见周围的人都在一遍一遍地重复同一个动作时，他又似乎想起了什么，又开始了他的一拜一跪一趴，高原红的小脸与高高撅起露出的光屁屁一样，满是灰尘。

泪湿双眼，没有声音。

未进藏前，虔诚信徒们三步一叩首历经几千公里，花几年时间为全族人的今生来世祈愿，跪行到朝圣地大昭寺的图片、影视和文字都深深地感动着我，这样的执着都是因为信仰。

而今日，当我真正目睹各种年龄的磕长头朝佛者时，我意识到，他们的信仰，其实就是一种永远不会醒来的忘我执着。而我们正缺少这种执着，是因为我们缺少一个指引你向前的根深蒂固的信仰。

他是我见到的第一个磕长头信徒，在去布达拉宫的路上。他很年轻，肩上背着一个发白的军绿帆布背包，脸上的汗痕已形成一道道明显的沟印，干燥的嘴唇上爆出灰白色的皮，额头正中厚厚的茧壳上满是灰尘，蓬垢的头发也都是大地的颜色，衣衫整齐，但前胸因常俯地早已垢生，浑浊的目光中全是向前执着的坚定。

每一次起身，一只空空的裤腿就会随着身体的起伏前后摆动着。

他，只有一条腿。

他，走了上千公里终于来到了这里。不，是单腿跪拜丈量到了这里。

很多来往的路人直接将布施放进他的背包里，他嘴里一直不停地重复着那句嗡嗡的六字梵音。

可以感觉到他的疲惫，但三步一叩首每一个动作却毫无偏差。远远地看见他的背影时，我就已经模糊了双眼，越靠近他，他的轮廓越清晰被震撼的怵在原地。写这段文字时，本想将这一幕幕情景再现，可却无法回忆起单腿的他是如何做到连贯地起伏跪地的。如果他使用拐杖帮他支撑，他的动作怎可能那么协调？如果他没有携带拐杖，难道上千公里的朝圣路都靠单肢？

我进过三次大昭寺，见过几十个磕头朝拜的人。其中有一位年轻的妈妈，带着一对双胞胎女儿。妈妈头上的两条长长的缠着彩绳的麻花辫子直到腰间，腰间绑着两根黑色的布条编织的绳索，绳索的这头系在这对五六岁女儿的腰上。虔诚朝拜的妈妈担心贪玩的孩子走失，才出此办法。

小女孩们长得很漂亮，穿着小小的藏袍，由于被绳索牵连，她们就只能以妈妈为中心，在圆周区域内自由地玩着，妈妈三步一叩首的速度很是缓慢，孩子们常调皮地跑在妈妈的前方不断牵扯着一心朝圣的妈妈，周围的路人纷纷停下脚步给小女孩们布施一角、五角、一元的散钱，这些零钱被孩子们整齐地叠放紧攥在手里，也许是攥得太久又太用力，纸币两头高高翘起。

　　我把袋中的零钱都给了其中一个孩子，也许是因为我已通红的眼睛，叠加在孩子高原红的肤色上，孩子的手是很暗沉很暗沉的红黑色。

还有一位老喇嘛，头上多年未清理过的长到膝盖的灰白长发，自然纠结成麻绳一样披在身上，身穿僧徒的暗红色袈裟，外面套着黄色马褂，身材消瘦却挺拔，知书达礼儒雅的样子。伴着小雨在大昭寺内道上重复着三步一叩首的动作，那麻绳一样的长发随着他身体的起伏不停地扫过湿漉漉的地面，光着的脚长满了厚茧。每次起身他都习惯性地将遮挡在额前的长发向后甩甩。路上给他布施的人很多，面对每位布施者，他都会重复地念叨着那句经言以表感谢。

雨，渐渐大起来，我却把伞收了起来，泪水很热，雨点很凉。

在归途的那天早上，我决定第三次去大昭寺。

在早上6点的晨曦中，寺前白色香炉里的桑枝早已被早起朝拜的人燃起袅袅轻烟。人们带着哈达、鲜花、酥油和水果排着长队进入寺内朝圣。今天的我只想认真地跟随朝拜的人绕一圈，请佛宽恕我近两日在这片圣地上的三心二意。

认真地转了一圈，没有拍照，没有张望，用时20分钟。

走出大昭寺。我回头望去，看见朝拜的人依旧一个一个重复着他们的动作，大昭寺的金顶耸立在桑枝燃烧的烟雾缭绕中。

唐卡

唐卡是藏语，指用彩缎装裱后悬挂供奉的宗教卷轴画。是可供奉在家中的佛，它是藏族文化中一种独具特色的绘画艺术，用明亮的色彩描绘出神圣的佛的世界。

在这里，唐卡是藏语，指用彩缎装裱后悬挂供奉的宗教卷轴画，可供奉在家中。它是藏族文化中一种独具特色的绘画艺术，用明亮的色彩描绘出神圣的佛的世界。

每家每户，几乎都能看见挂在墙上的佛——唐卡。

佛教学院里专门开设有绘制唐卡这门课程。上等的唐卡是将金、银、珍珠、玛瑙、珊瑚、松石、孔雀石、朱砂等珍贵宝石研磨的粉，混合藏红花、大黄、蓝靛等植物或牦牛的胆汁调配成颜料，由专业绘画师蘸着一笔一笔地在牛皮纸上绘制而成，少则一月多则几年。由于原料天然，绘制出的唐卡色泽鲜艳、璀璨夺目，可历经几百年的岁月洗礼，仍然光彩明亮。

但似乎这些传统，正在被迎合市场需要的便宜货冲击着。后者利用颜料快速复制，虽粗糙但更有经济适用性。

真正的唐卡，是这神圣的土地上的虔诚者每画一笔就诵念一句六字经文，用行、心、意三点合一的虔诚心勾勒出的神。他的灵性会在人们供奉的地方散播发光，造化虔诚的信徒们。

我与唐卡上那低眉浅笑的神佛对视，真正感受到了佛灵性中容万物的力量。

在八廊街的一间小店铺里，一个年轻的藏族男子在一个悬挂成 60 度的牛皮画板上，细心地用很细的牦牛毛笔蘸着身旁五彩的颜料勾勒着画作。他的左手手背如调色板一样被颜料画得五颜六色，为了调色方便，他每在牛皮纸上画一笔，就必定先在手背上试试颜色调配的深浅，由于多年作画，左手手背上各色颜料已经浸入了皮肤，成了世上独一无二的文身图案。

藏民男子很帅，黑发浓密自卷，眼睛黑亮。但由于从小画唐卡，长时间盯着这若干细小的线条勾勒，所以熬坏了视力，因此只能近距离地看东西。

满店大大小小的唐卡都出自他的手。他汉语说得不好，几乎是搜肠刮肚地寻找汉字来回答我们对唐卡的各种疑问。

他憨厚朴实的神情及画唐卡时的专注打动了我，我买下了他的几幅小作品，邀请他在纸后签上名字，并为他和他的唐卡合影。此次相逢之后或许永生都难再相见。他听后露出孩子般干净的笑容，认真地在纸上写下自己的藏文名字并配合我拍下了相片。

手艺人，特别是民间艺人，我称呼他们为匠人。他们没有什么名气，靠手艺吃饭，是个清贫的苦差，靠自己的一双手精雕细琢出自己的作品。相比现在生产线上批量生产的商品，它出活慢、耗时长、价格高，也没有多少人懂得欣赏。这就导致匠人们很多时候都入不敷出，连生活都成了问题，因此能坚持下来的越来越少。

曾在影院里流着泪看完一部叫《百鸟朝凤》的片子，它就讲述了一个随着时代的发展，民间传统艺术正在悄然消失，很多手艺都没有了传人的故事。

还记得在希腊圣托里尼黑沙滩旁遇到的木匠，他常年在沙滩旁专注地用黑沙与木作画。从他那里带回的两块木版画，一直是我最喜欢的家中摆设。每次看见它们我都会想起那瘦瘦的手艺人专注地坐在岩石上雕刻的样子。

工匠打造的作品与机械生产的工艺品最大的差异是：一个是有温度有记忆有故事的生命体，而另一个做工再精美也只是冰冷的摆设。

对能称为匠人的手艺人，我都心怀一份敬仰。我也想成为一名匠人，一个懂得将人雕刻成才的手艺人。

藏饰

在这里,每一颗镶嵌的珠子,每一缕编织的麻线,每一寸拼接的木块,每一寸细描的藏泥,都是能握在手里看在眼里的满满的真实。再把它们穿成串、织成锦、建成屋、绘成神灵。你在它身边,会不由自主地收敛轻狂、不敢妄言、不再漂浮,甚至自己也会随它那般扎实起来,这是每一个物件散发的磁场能量。

藏饰有很多,各种珍贵的宝石镶嵌的饰品最多,不管是昂贵的正品还是各种复合材料串接起来的赝品,色彩斑斓都是它们的特性。很少戴首饰的我,自然对这些没有什么兴趣,但却独爱这里的挂毯地毯。

它总是白红绿蓝黄刺眼,却又和谐地将各种几何图案相融在一起,我认真地思考分析过藏族喜欢使用颜色鲜艳、对比强烈的色彩的原因,应该是他们生活的环境单调所致。高原雪域中,雪山林立、气候寒冷,除仅三个月的夏季以外,其余九个月都难以见到绿树和盛开的鲜花,地广人稀的土地上显得一派灰黄。由于有虔诚的信仰,他们从不会忧郁,不断自我调节,面对这灰黄的天地,他们必定让鲜艳的色彩随处而生。

吉祥的色彩加上真材实料的厚重,每一缕用羊毛、牦牛毛、黄麻等混合而成的麻线经过手工的织布机,在每一次横竖线的经纬交叉中都伴随着织布人心里一遍遍默念过的经文,织成了有磁场能量的挂毯,所以,质感特别厚重。

我个人向来喜欢清雅简洁的饰品,单一的色彩、简单的造型、质感的材质。相反,自己对夸张斑斓、富贵豪气的饰物却从来都没有底气驾驭,但偏偏对这满眼全是饱和色的饰物情有独钟,可惜由于太过厚重托运不便,再加上家里原有的单一色调的东西都与这神灵不相匹配,最后不得不作罢。

虽然不能带它回家，但我计划着，若今后开一间咖啡屋，定会摒弃那些黑白灰的冰冷风，上演一场无处不欢乐的藏式印度波希米亚的色彩绚烂风。

在这里，每一颗镶嵌的珠子，每一缕编织的麻线，每一寸拼接的木块，每一寸细描的藏泥，都是能握在手里看在眼里的满满的真实，再把它们穿成串、织成锦、建成屋、绘成神灵，你在它身边，会不由自主地收敛轻狂、不敢妄言、不再漂浮，甚至自己会随它那般扎实起来，这是每一个物件散发的磁场能量。

甜茶

未来，若我拥有一间自己的咖啡馆，会用保温瓶装奶茶按壶卖，我想必定会成为店里的招牌。

在大昭寺旁的街边小巷，有很多用厚厚的布帘遮住的小屋子，门口没有任何招牌，或许就是一家正宗的藏家人茶室。来这里的人多是熟悉的街坊，或是常来朝拜的人。简陋的四五平方米小屋，墙边摆放着成对的长条木椅，中间是张红色的油漆已斑驳的长桌。木椅经过年代的磨砺，油光发亮。

当地人更喜欢喝的是酥油茶。它是把牛羊奶搅拌分离出油质及水分，油质部分凝固成块后就成了酥油。用西藏特有的浓茶煮开后，放上食盐和酥油，就成了藏人们每家每户都爱喝的酥油茶。对于藏人来说喝酥油茶是习惯，而对于游客来说，酥油茶不仅可以御寒还可以预防高反。很多人第一口喝酥油茶，会对其腥腥的味道难以接受，但强忍着喝过第二口后，就会品出醇香的口感，慢慢喜欢上它。所以就有了第一口异味难耐，第二口醇香流芳，第三口永世不忘的说法。

但，我在喝完第一口后，就没兴趣去尝第二口。

咸咸腻腻漂着油腥的酥油茶，想着就腻得冒出油来。

而甜茶，我认为就是把酥油茶中的盐换成了糖。奶很纯、茶很浓，如今回味起来嘴里全都是想念的味道。

不管是酥油茶还是甜茶，都分大中小壶，分别用小时候家中的那种颜色鲜艳的塑料外壳保温瓶装着，配上小玻璃茶杯。打开保温瓶的木头塞，热腾腾的雾气从瓶嘴升起，醇醇奶味的甜茶缓缓流进玻璃杯里。此刻，我忘记了自己游客的身份，轻啜着小玻璃杯中的甜茶，暖暖的，醇醇的，润润地滑过喉咙。8元一个中壶，足够两人慢慢喝上一上午。三五成群、手持佛珠的人们也可选择不同的分量安静地度过不去朝拜的悠闲时光。

未来，若我拥有一间自己的咖啡馆，也会用保温瓶装奶茶按大小来卖，这必定会成为店里的招牌。

在大昭寺转经的内道上，有一家叫作玛吉阿米的餐吧。由于地处大昭寺内，又因为仓央嘉措六世的爱情故事的渲染，这里成了游客必到的地方。在这里，人们可以品尝一份地道的藏餐，也可以从二楼俯瞰那些只朝一个方向行走的人。我在大昭寺转了三圈，也想进入这间有特色的茶室观赏，但始终没有实现。知道它的名气是在离开拉萨后，在恶补西藏知识的过程中才意识到这个三次擦肩而过的地方原来是来拉萨必去的地方。

没去就更代表这次走马观花的拉萨行决不会是最后一次。

在八廓街上还有一间拥有几十年历史的茶室——光明茶室。在第三次去大昭寺的那天清晨，我从它身边经过，发现门面狭小、招牌陈旧，一看便知是久经风雨的老店。里面光线昏暗，清早八点就已经有三三两两的藏民在里面围坐着喝茶。我奇怪，同样残旧的长条桌椅上为何没有颜色艳丽的各种型号的保温壶，而是一堆堆散钱？最终我们没有进去，因为心里只惦记着曾喝过的那间巷尾甜茶的味道。

留有遗憾，是为了给再去找的理由更好。

藏漂

他们喜欢高原的蓝天白云，当然还有这里的民族信仰，渴望自由自在没有约束的日子。

这座城厚重，而在这座城的深处却住着一群漂泊的外地人，大家都叫他们藏漂。跟北漂的含义大概一样，就是一群对这座城市怀有特殊情结的人，辛苦地为他们的理想生活忙碌着，幻想着自己终有一天可以征服困难并扎根在这里。

他们喜欢高原的蓝天白云，当然还有这里的民族信仰，渴望自由自在没有约束的日子。

或许曾经他们以游客的身份来过这里，回去后以你不懂的情结为由辞去朝九晚五的工作，背着行李包，就开始了那些在钢筋水泥中生活的伙伴艳羡的生活。能坚持下来修成正果的多数是把所有资本投成了小客栈或小酒吧，他们结识着天南地北的游客，不断重复地给每一拨游客讲述藏区那神秘传奇的故事，看着围着他喝茶的人们那惊恐的瞠目结舌的表情，他们就可以找到自己藏漂多年的存在感。

凡藏漂的人多多少少都具备对某个艺术层面的认知，如音乐、画作、文字、摄影、手工制作等，自命清高的文青们对生活的态度向来都是干脆利落决不苟且，喜欢就是喜欢，不喜欢就是不喜欢。他们内心冷色调的黑白灰，怎么能与红尘中皮笑肉不笑、尔虞我诈的氛围相融合？因此，他们只是在一块净地上找寻一群志同道合的人享受着自由无欲求的生活。

在许多藏漂的心中，人生就是一场旅行，不必在乎目的地，在乎的是沿途的风景和看风景的心情，梦想时常都出现在他们酒后的故事里。他们把结交的人都称为兄弟，因为这里没有亲人，虽然兄弟也是一拨一拨地来了又走，但故事都留在了这片土地上，让来这里的元老们一遍遍咀嚼，直到被嚼得无味后没人再提。这里从不缺故事，因为这里是远方，很多人向往的有诗有酒的远方。

我们从八廓街走了五公里来到藏漂们的青唐酒吧，进去看到舞台上的歌者正抱着吉他唱着跟丽江一个调调的歌。灯光很昏暗，客人不多，旁边桌上一片狼藉，一位短裤短衫短发女子抱着身边男子旁若无人地痛哭，歇斯底里的哭诉声、咒骂声偶尔会掩盖台上那吉他伴奏的温情民谣。抱着她的男人点着头向周围示以抱歉的目光，很是尴尬，女人骂的男人肯定不是他，女人骂男人的原因，也就如那男女间万变不离其宗的感情桥段一样，自己付出了全部，他却爱上了别人……

女人一定是醉了，而身边男人一定是醒的。

醉酒的人最怕的是身边的人不醉，一人清醒一人醉，一人觉得我全世界都给了你，而一人觉得你就天下一大傻，一个真心一个敷衍，格格不入的两个人在一个世界里。愿意长期在这里生活的人，多少会有对红尘的逃避。细细想来，能停留在这无欲求的天地下的人们，他们想在这里追寻自由，如果玩文化玩闲情他们不会在这样的磁场下心安理得地得过且过。这里的执着会让他们对自己的逃避无地自容。

结尾

我一定还会回来的，因为我要为这里写下 20 万字。

48 小时的所见所闻其实是肤浅的，我打开全身的每一个毛孔去感受这里看得见与看不见的东西。曾有个信佛的人跟我说我前生必是修行过的人，因为我对佛缘有很高的悟性，可以感受到许多在佛教磁场下看不见摸不着的气息。这么高的评价我受不起，我只是遵照我自己的心去感受一切罢了。

48 小时，我是爱上了这里，或者准确地说是被这里的磁场强烈地吸引着。这篇东西越写到后面，就越觉得这肤浅的文字着实是对圣地上一切生物的不敬。

生在红尘中，现实不允许我随时亲临，所以我痴迷地把行万里路的任性变成读万卷书的现实，我一口气看完了五本 100 万字关于西藏的书，从文成公主到仓央嘉措，从藏地文化到民族独立，从拉萨到珠峰……

写了一半的文字一个月没有再去触碰，越了解越觉得自己的肤浅，所以更加词穷。初生牛犊不怕虎，没有经历才不会害怕。

在自己逝去的岁月中，曾一度认为自己对执着的理解可为人师传道授业，而来过西藏感受了这种对信仰的执着后，才发现自己的渺小、轻狂和不自量力。

我一定还会回来的，因为我要为这里写下二十万字。

情人节，带你去爬最高的山

一、第一份情人节礼物

共同生活了18年，情人节？礼物？从没期盼过。

嫁给一个处处低调的人，适应就是最好。没有期望，就不会失望，各得其所，不用花费时间精力在这样的日子开心或忧虑。

而这一年的这一天，他告诉我，带我去爬最高的山。于是我们开上小昂（别克昂科拉）出发西藏雪山。

雾锁迷城，心若定，所向披靡！有信仰有目标，就没有达不到的终点。

这个季节绝对不是进藏的好时节！

3月，一般是春意盎然，野花百般灿烂，可缺乏经验的我们都忽略了高原的节气至少比平原要晚2~3个月。夏季，雪山会用最美丽温柔的皑皑白雪迎接你，而这正值寒冬，远远就闻到雪山散发的"生人勿近"的狰狞气味。

上路后，哪能回头，我们相信，在一起，没有解决不了的问题。

从云南入藏的公路，叫滇藏线。

还没进入 318 国道，绕山的路就已经曲曲折折上上下下，山坡上没有绿色，枯黄的草一簇簇生长在石子多过土壤的山上，羊群星星点点地啃嚼着这些枯草，看不见羊群的主人，这空旷的山野，只属于这些羊儿和时不时驶过的车子。

又绕了一个山头，在枯黄的山坡上开始出现星星点点未融化的雪，穿着藏袍的大爷正巧与一群羊羔经过，红色的小昂、藏袍老人、咩咩叫的羊群、星星点点的雪山，被定格在了方寸镜头中，等我们老得哪儿也去不了，这些都是被翻阅的记忆。

出行中的第一场雪景，难免兴奋，虽然对于之后来说，根本称不上是雪。

俺家老司机（以下的"老司机"都是老公的昵称）说，进入 318 国道才算真正进藏。但在此之前，我们要翻越第一座海拔为 5010 米的白马雪山，老司机是第三次进藏了，对此事胸有成竹。

二、初次遇险

我们自信地驶向第一座雪山。

路边的雪已经有一米高，这些都是铲雪车每天在清理路面时堆积的，身边枯黄的山坡已逐渐变成了白色的山脉。大雪还在不断地飘落，窗外是白茫茫的美景，车内是 26 摄氏度的常温，最爱的人在身边，幸福就是不管身外多寒冷，而包围你的永远都是温暖。

车子还在不断上坡,车身偶尔会轻轻摆晃一下,老司机开始变得安静。

路面全部冻成冰。轮胎没有了附着力。即便轻点刹车,车身也会摔尾打滑。车轮下是爬了两小时的山脉。如果打滑,后果不堪设想……

我们的小昂是一部城市小型 SUV,全时四驱手自一体,老司机用了手动一挡,若在危急时刻,我了解他,他相信自己胜过相信电脑调控。老司机紧握方向盘,眼睛盯着前方,不可以有任何刹车,一丁点都不可以,我们赌不起。

窗外,只有白色。如果可以看见山脉,意味着天地与我们共存,如果看不见,这一切都只属于雪!

听说过雪盲,以为是眼睛在雪地里被光刺伤的生理病症。如今身临其境,才知雪遮盖了一切,包括天地,你的眼里什么都没有,只有雪……没有了任何参照物,没有了方向,什么也看不见,这叫雪盲。

此时最想看到的是蓝色、黄色的路牌、交通标志,那代表的是路的边界,它会提示你即将进入什么路段,那个蓝色三角牌,标示着向左拐的箭头,是这 2000 公里里最常见的标志。这意味着我们一路向西。标志牌常被冰雪覆盖遮住真面目,但在这白色世界里能看到不同的颜色,也是一种奢侈的幸福。

其实,在我们上山前,这条路已经被封了。

我们极力哀求封路的警察小哥,让我们过去。友善的小哥问:"你的车是四驱吗?你有防滑链吗?"

我们如实回答。

小哥重复地念了好几遍贴在车身上的宣传语:都市活力 SUV 昂科拉,都市活力 SUV 昂科拉……然后说:"慢点开,在雪地里'活力'没用,要'稳重'！"

　　如果再给我们一次选择的机会，我们不会贸然前行。没有退路，车头朝向就是行驶方向，我们不能倒车，因为轮胎没有附着力，车不是你想停就停。

　　唯一可掌控的，只有方向盘。

　　一直向前滑行，车内温度显示室外温度在渐渐上升，我们知道已经度过了危险，车已经离开了最高点，越往下行驶，路面会逐渐解冻。

　　因为过度紧张，现在全身酸痛。

　　这只是行程中的第一座雪山。地图上显示，后面还有五座雪山等着我们，其中一座米拉尔雪山海拔高过白马雪山3米。

　　雪一直在下。下山后我们一路飞奔到40公里外的飞来寺，它的海拔仅有2000多米。进藏后平均海拔都在3000米以上，在这里歇脚会让紧张了一天的我们，好好调整一下。听资深进藏人说，如果运气好，在清晨可以看到日照金山的美景。这样恶劣的雨雪天气，我们不敢奢望运气，只求好好休息一晚。正式出发的第一天，老天就给没有经验的我们如此刺激的下马威，我们真的需要好好静静。

三、夜宿飞来寺

　　飞来寺，一个并没有太多故事的寺庙。对于游客来说，期盼看到日照金山的会占多数。小村庄里全是客栈酒店，我们询问了几家朋友推荐的小酒店，都不能提供热水，原来冰雪已经将水冻住。这里零下十几摄氏度，没有暖气没有热水，我们都不敢想象能否安心入睡。

路边我们看见一家精品酒店,这"精品"二字,虽然直接粗俗,但的确有效,会让人先留意到它。结果真是出乎意料,在这个小村庄,我们居然遇见了可以与一线城市相媲美的酒店,尽管价格不菲,但由于今天我们被惊吓过度,价格高对休息来说,这都不是事儿。

酒店真的不错,用的洗浴用品是欧舒丹。

清晨6点, 想去看看雪,虽不奢望但还是期盼可以看见雪山上的一缕金光。下了一整晚的雪,外面一片雪白,太阳还未升起,此时此景可用"天地苍茫"来形容。脚踩在雪上会发出"叽叽嘎嘎"的声音,我们在这雪地里留下了两溜一大一小的脚印,但始终并列前行。

平房屋檐低矮，久积的冰冻加之厚厚的积雪覆盖着屋檐，像个有帽檐的棉毛帽子。帽檐是自然弯曲的弧形，重物在下垂时一般都是垂直向下，但大帽檐的末梢处却是向内卷曲的。白帽子在店家大红大绿的美食招牌下衬得特别显眼。

大路上，全是硬硬的冰，老司机在一个下坡路面上顽皮地滑行，因为手握着手机拍照，我的手冷得直哆嗦。老司机顽皮样儿逗我笑得前仰后合，一个不注意，我摔了个大马趴，老司机赶紧来扶，我却怪他为何不先抓拍这难得的瞬间。

我们小心翼翼地走回飞来寺。此时，阳光开始努力地拨开云层，一丝缝隙就是一线生机，从中透出刺眼的光芒，洒在全是白色的村庄上，亮得晃眼。

顺着这一线光芒，厚厚的云层抵不过阳光的力量，由一条线渐渐变成一个狭长不规则的空洞。天空更加明亮，透过这个洞，或许是蓝色天空。这儿景色真美。

但更美的是，从那个不断扩大的云层天洞里，我们看到雪山顶云雾缭绕，在蓝色天空的映衬下，另一层次柔软的白雾环绕在青色山峦里，似海市蜃楼般。现实中的虚幻，虚幻中的现实，让人分不清真假。

飞来寺前有一个60度的下坡，全被冰雪覆盖，一不留神儿就会滚下坡去。走在这下坡道上，我才能深切体会昨日小昂过白马雪山的艰辛。坡道右侧排列着金色的转经筒，我抓着转经筒慢慢向下，跌倒数次。150米的下坡道，我们走了足足20分钟。

时间尚早，看寺的僧人已在清扫门前厚厚的积雪。在寺前的平台上眺望，开阔的云层下，雄伟的梅里雪山，云雾缭绕，它裹着白雪的外衣守候着这里世代的众生。

我们从穿着厚厚藏服的老人手中买了一株松枝还有些颗粒状的黄色植物。他用不太流利的普通话告诉我们,把松枝及颗粒在酥油灯上点燃放进平台上那宝塔状的香炉里。老司机握着点燃的松枝,虔诚地朝着梅里雪山方向及寺门外方向拜了拜,将松枝投进了香炉,松枝噼噼啪啪在香炉中作响,袅袅青烟从塔顶升起。

旁边有三名藏人,看起来已走过很多路程,也将三束松枝燃烧放进了香炉。他们口中念念有词,不断捻摸着手里的佛珠。我点着一盏酥油灯,随着他们一起进入狭小的佛堂,佛堂里供奉的佛祖,安静慈祥,低眉垂目,尽管我无从知晓佛祖为何方神圣,但心有虔诚,何必在意是谁名谁呢?三位藏人在空无一人狭小的佛堂里,不断跪伏、起身,口中还不断重复着六字真言,他们的目光虽有些浑浊,但从他们的虔诚中,却可以看见他们没有杂念的心境。

雪地上偶尔有车子驶过,昨日冰雪路面上的经历虽然令我们心有余悸,但我们也始终相信,别人可以做到的事情,我们也可以。所以,我们决定上路。

老司机在前面走,我三心二意地拍着相片一路跟随,途遇两头憨驴,老司机从它们身边走过后,两头驴居然齐刷刷地扭过头依依不舍地望着他。

一段旅程,最好的风景不在你知道的终点,而在一直向着终点前行的路上。人生也是一段旅程,最美好的经历不是目标达成,而是在不断为目标奋斗的前行路上。

四、命悬一线

这日,一切顺利。

成功翻越 4200 米的红拉山口,因为有了翻越昨日的 5010 米的白马雪山的经历,也有了些许的底气。人要不断经历,不断翻越,才会对自己有十足的信心。

进入 318 国道后,5005 米海拔的东达山口才是我们最大的威胁。由于轻松翻越了红拉山,竟有些得意忘形,前一天的恐怖经历全忘在了脑后,在上东达雪山前居然忘记了要买那保命的防滑链,不是忘记,而是老司机自认为技术过硬不要那个东西。

小昂的仪表盘上，室外温度数字再次慢慢降低，道路持续蜿蜒向上，眼里颜色全是阴沉的灰白。我们屏住呼吸，双肩紧张，双脚僵硬，行驶非常缓慢，没有参照物，速度已失去意义。远远看见有车子停在路边，在风雪中给轮胎安装沉重的链子，我开始抱怨，应该买个链子备用。老司机说，没事。

在一片灰白中，隐约看见远远扬起的彩色经幡，这意味着即将到达最高的山口处。正值藏历新年，藏人们每家每户都会将经幡挂在最高的地方，风吹过扬起的幡，这离天空最近的地方，就是经书回响最响亮的地方。

登山的人最想看到的就是这经幡，因为这意味着到达山顶后的征服。

但征服是指跨越，我们虽然爬山而上，但我们还需翻越过去。

山顶停了很多车，我们在冰面上绕过了一辆停下来的小货车，没注意到前面居然还有一辆小车，点了下刹车……

车尾向左……我在向右……车头却不知在什么方向……车最终停下了，我们斜横在冰路上，车头离前面的小车 0.01 毫米，车尾离后面的崖边 1 毫米……

我们谁都没说话，却感觉空调的暖风格外热。

一片灰白中，一个穿着刺眼嫩绿色交警制服的汉子，在风雪中小心翼翼地指挥着车辆的前行，从窗玻璃上可以看见他的呼吸在空中凝结。此时的小昂温度表上显示室外温度 −12 摄氏度。

没有穿秋裤的广东老司机小心翼翼地下了车，并强调我别动。在这种处境下，女人没有任何价值，只有屏住呼吸。

这个最帅的交警汉子同几个藏人及我们家老司机，把小昂和我一起推出了那个惊心动魄的地方。

老司机满脸冰雪地回到了车上。他说："不能往前走了，下坡路，控制不了，最要命的是，下坡路没有护栏。"

我说："原路返回吧，明天或许没有这么大风雪。"我故作轻松，"我们可以去体验一下山下那些驴友的通铺。"

我们决定原路返回。

回去不是问题，但我们终究要翻越这座山，要挺过这道坎。

往回走的路上，一路下坡，路上的颜色从灰白、纯白、星星点点的白再到枯黄。路上那辆被丢弃的车，是辆白色大众，被拆得只剩下一个空架子。这是一辆翻下山的事故车，这辆车经过了怎样的惊心动魄，我们无从得知，残留下来的躯壳却在无声地警醒着我们。

在山下的一个小村庄，老司机决定买条防滑链，然后重新回头。我也赞同这个决定，因为今天不过去，明天依旧会如此，我们没有退路，穿过这道山是唯一的出路，所以今天可以做的事情，最好今天结束。

连问了几家，都没有备用防滑链。几个年轻的藏人，骑着几辆摩托车经过，老司机友善地向他们询问，只见小伙子们在向同伴们交代着什么，一会儿开着摩托车拿着一套有些锈迹的链子回来，几个人开始给小昂车轮上套上防滑链。

停留的地方是传说中的通铺，一个可以供驴友们吃饭住宿歇脚的地方。一间10平方米的斑驳小屋，墙上被过往的驴友们密密麻麻地写下了很多感慨、玩笑、自嘲、黄色小段子、寻友的文字……一间房里共六张高低床，它们密密地排列着，床上的被褥有种沾染各种故事的沉重，这里缺水少电，只要有歇脚的地方，其他的都没有多少人去在乎。

但是那套防滑链尺寸不合适，我们只能继续寻找，在另外停着皮卡车的一户人家，我们抱着试试的心态，询问是否有备用防滑链。

最后终于，小昂终于找到了合适的防滑链。

现在已经是下午 4 点多，我们必须抓紧上山，如果我们再晚些，又在雪山上遇见风雪，后果将不堪设想，所以老司机决定先拆下防滑链，加快速度，等到达山顶后再套上，这样可以节省些时间。

五、成功翻越

我们再次上路，尽管内心忐忑，但因为防滑链，心中似乎有了些底气。

同样的路，同样的景，又见到了那辆被拆空的白色大众。靠近山顶时，我们两人齐心协力再次把防滑链给小昂套上，负重的小昂行驶起来发出"哐当哐当"的响声，像是戴着手铐的犯人，我想这是小昂极其抗拒这个笨丑的防滑链发出的呐喊吧。

到达山顶，我们没有看见曾堵塞在路上的那些车，这说明车子都已经顺利下山。老司机认真仔细地看了看对方来往的车辆，有些车况并不是很好的车，都没有套上沉重的防滑链，老司机决定把防滑链去掉。

他没有说理由，向来他自己做主的事从来不会与别人商量。但我很清楚，别人能正常开车走过的路，他也一定可以。

温度显示器上的温度再次升高，我们与小昂一路下行，灰白再次变成枯黄，我们又征服了这座雪山。

在人生旅途中，多少障碍让我们一次次畏惧，若我们就此止步不前，就会被其征服，但我们对自己有信心，对目标够执着，坚信别人能挺过的难关，自己肯定也能渡过。

人生如此，前行路上，不知会遇见多少道如雪山一样的坎，不畏惧是假的，但只要我们目标坚定，把"跨过去"当作我们的唯一决定，不纠结、不妥协，我们必将征服这每一道坎，成为主宰自己命运的主人。

六、一生陪伴的路

共同生活了18年，凡是女人喜欢的鲜花、珠宝、包包……等等这些东西，老司机从来没送给过我。他给予我的就是：在他勇敢的披荆斩棘开辟出的一条道路上，有我。

女 人 向 上 法 则

一段旅程，最好的风景不在你知道的终点，而在一直向着终点前行的路上。人生也是一段旅程，最美好的经历不是目标达成，而是在不断为目标奋斗的前行路上。

在人生旅途中，多少障碍让我们一次次畏惧，若我们就此止步不前，就会被其征服，但我们对自己有信心，对目标够执着，坚信别人能挺过的难关，自己肯定也能渡过。

人生如此，前行路上，不知会遇见多少道如雪山一样的坎，不畏惧是假的，但只要我们目标坚定，把"跨过去"当作我们的唯一决定，不纠结不妥协，我们必将征服这每一道坎，成为主宰自己命运的主人。

欧洲之行

  自由行,去那么远,跟着全世界有业务范儿的闺密,既有安全感又有新鲜感。虽然我去欧洲的次数比去北京多,但这样接地气的自由行程所具备的诱惑力还是让我兴奋不已。

  每年 5 月,都是心不安分、蠢蠢欲动的时候。

  与欧范闺密 Nelly 闲聊,约定暑假带上孩子一起去趟欧洲。她去工作,我们去跟班。

  带上儿子去看世界,这个请假的理由简直无懈可击。谁敢不同意!

  至于请假就更不是什么事了。我在某日饭桌上轻描淡写地说了出去的时间,就算给全家备案了。接下来开始办理出境签证的手续。由于是自由行,所有手续都要自己去办理,来来回回折腾了几次,从 5 月一直忙到 7 月才签下来,还是比原计划晚了七天。还好,我们终于出发了。

巴黎

很开心有这样的相遇，不经意却也全是美好。

首站是世界时尚之都——法国巴黎。此次我们选择了民宿，就是主人出去度假，房子在这个假期拿出来共享。民宿的位置就在凯旋门旁边一座有几百年历史的小楼中，主人应是刚离开不久，书桌上孩子的涂鸦清晰可见，忘盖笔盖的钢笔水分饱满……我们就像一个远方来的老朋友，在主人的小屋中感受他们的生活气息。

自由行不像随团旅行那样天天忙着赶场，而是轻松悠闲地自由安排活动。清晨去面包店买面包咖啡做早餐，傍晚在全是高大梧桐树的窄街上散步，大部分时间穿梭在金发碧眼的人群中，做个聋子哑巴。由于眼睛里全是新鲜的东西，所以从没感到过寂寞。

我很喜欢这样的状态，最好再断了网络电话，与一切失去联系，我便可以作为一位无名氏坐在街头，看着来来往往的人们，从他们的脸上硬生生地榨出很多故事来。

刚到法国，由于 8 小时的时差，再加上些许兴奋，我每天都会在凌晨两三点醒来，辗转反侧到 5 点多，直到听见隔壁房间冲马桶的声音，便会打开房门，探出头询问睡眼惺忪的阿开要不要出去晨跑。因为自己实在没有勇气独行在这陌生的国度（阿开，纯正德国人，闺密的先生。认识闺密完全是因为阿开，所以我们的熟悉程度就如一家人）。

爱运动的阿开一脸诧异，做了个鬼脸，随后便抓起外衣开心地与我出门了。换了是闺密 Nelly，只会骂我有病。

我们沿着大街跑，行人很少，运动的人也寥寥无几。或许在这里，跑

步有专门的地方。我们跟着直觉一直向前跑,循着光照,哪里开阔就跑向哪里。拐过一个大弯后,一座深灰色的顶天立地的铁塔赫然耸立在眼前:埃菲尔铁塔!

我们没有刻意寻找它,却从最佳角度看到了它最美的样子。早晨 7 点的广场人很少,只有一群群鸽子在空旷的广场上自由行走。我从不同角度拍摄着这座巴黎的标志物,安静中的埃菲尔铁塔没有活力。我说,要是这些鸽子飞起来就好了。阿开说,当然可以。

于是他张开双臂像小孩子开飞机一样转着圈追逐着它们,由于鸽子太胖,且在这样的国度中人对动物根本没有威慑力,所以鸽子们只是觉得眼

前的这个人很无聊,各自散开并不理,甚至在我们身边肆无忌惮地游走。

我们的计划失败,我瞪大眼睛对它们说:不会飞的胖鸽子!在我们即将离开时,这群不听话的鸽子挑衅似的飞了起来,好像在对着我们示威:谁说我们胖就不会飞了?

哈哈,智慧的激将法让我最终如愿地抓住了它们掠过塔尖的一瞬,这瞬间成了早晨的埃菲尔铁塔永恒的经典。

很开心有这样的相遇,不经意却也全是美好。

傍晚,我们带孩子又去了一次。孩子们第一次见巴黎的标志性建筑。此刻的它耸立在那里,历经百般妩媚的风尘后有些疲惫,无奈地配合着游客，成为不同肤色人的照片背景。游客很多，占领了今早鸽子们散步的观景台。

孩子们因为个子小，又被眼前熙熙攘攘的人群阻挡着看不到远处耸立着的铁塔，因此吵嚷着要回家玩他们的游戏。他们的选择让我明白，出游某个名胜景点，尽可能地在清晨亲近它，因为那时你能看到它最真实的样子：干净、真实、清静。

业务遍布全世界的闺密，踩着七厘米的高跟鞋，穿着只有她那前凸后翘的身材才可以驾驭的时尚服装去见各种肤色的生意伙伴，把我们一帮"聋子哑巴"都交给了她的先生。

接下来我们去了卢浮宫。面对人山人海，蒙娜丽莎的微笑早已僵硬，我们只能在人头攒动的缝隙中匆匆一瞥，根本没有机会感受到那神圣的微笑。其他那些讲述了神灵为拯救世界发起的苦难战争的名画栩栩如生，却让我感受到的是一种身临其境的压抑。

卢浮宫我去了不止三次，但每次也只能是走马观花地一看。以我目前的境界还无法领会名画的深刻含义，我也实在想不明白为什么西方名画都喜欢用裸体人物来表现各种情绪：战争中的裸体代表痛苦与灾难；圣灵中的裸体代表新生和向往；爱情中的裸体代表本性与缠绵……也许在他们的信仰里，只有回归本真，才能体现信徒的虔诚。

巴黎之行在两个孩子无比满足的两碗蛋炒饭中告一段落，12欧一碗，被吃得颗粒不剩。

荷兰阿姆斯特丹

喜欢生活的主人都是阳光美丽开朗的人,因为只有喜爱生活才能把生活过出如画般的风景。

荷兰阿姆斯特丹是我们的第二站,坐火车前往。2002年来过一次,后来几次的欧洲之旅都没有再经过这座混搭得如此和谐的城市。童话木鞋的风车田园里面居然包裹着灯红酒绿妖娆的红灯区,这可能就是自由与民主和谐共存的最高呈现吧!

Nelly 的朋友波姐接上我们去她家——一个离阿姆斯特丹有半小时车程的小乡村。路上，我被透明的蓝天、纯净的白云、清新的田野，还有那车窗外的奶牛、羊群、小木屋深深吸引，兴奋不已。

波姐是上海人，与她荷兰先生在中国认识，然后来到荷兰定居。十几年来，他们有了两个混血儿子，一个 13 岁，一个 15 岁。本想着两家孩子正好年龄相仿，应该可以一起玩耍了，可当看到两个一米八帅气十足的阳光少年迎接我们时，再看看俺家 11 岁的娃……呵呵，事实证明荷兰牛奶真的好！

波姐的家在一个小村庄，但这个村庄却是一个如世外桃源般的小镇。一条小运河贯穿着整个小镇，小河两旁都是一栋栋两三层高的尖顶小楼。家家户户都在屋前屋后的小花园里种着自己喜爱的花儿。透过玻璃可以看见每家的窗台就是一幅画：白色窗纱常常打开，窗台上摆放着各类精致的摆设及盛开的鲜花，据此可以看出每户主人的喜好。喜欢鲜花的主人都是阳光美丽开朗的人，因为只有喜爱生活才能把生活过出如画般的风景。

波姐的先生是老师，20 年前在中国教书，是中国文化的忠实粉。我们见过那在高高书架上整整齐齐摆放着的十几本白色相册，这些相册里全是他游走中国期间，拍下的各个城市的影像，很多相片甚至可以成为见证中国 20 年变化的历史资料。他保留着所有的票证：公共汽车票、船票、游览区存根……这些票证都按照城市有序地收集在每个相簿里。

作为中国人，身处自己的国家从不觉得这些天天见的场景有什么特别之处。但一个外国人，却记录着他所看见的平凡。几十年后，这些记录就成了见证中国飞速成长的历史印迹。我无比汗颜。

就是这样一个中国粉丝，不仅娶到了能干的中国妻子，家里的装修风格也尽是中国元素。波姐的家是一个两层楼的木梁屋,最早是原住船民的家。买下来后,没有改变小楼的原本结构,只在原来的框架上做了些简单的改建。住在这里感觉并不是在家里,更像是住在一个处处有中国元素的咖啡馆里。

家中有许多中式的摆件,其中不乏很多古老的物件:一块或许来自长城某个角落的完整石砖,一双用玻璃罩住的陈旧的三寸金莲小脚鞋,还有一块斑驳大宅门上的雕花木棱……这些看似很随意的摆放,却又那么恰到好处。一进屋我就把他们的家当景点一样游览拍照,完全忘记了需要征询主人家的意见。看着远道而来的故乡朋友无比欣赏他们万里之外的中国小家,热情的波姐当然不会拒绝。

除二楼的卧室外,波姐家的所有功能区都是敞开式的。有壁炉的客厅里还整齐堆放着没燃烧的原木,开放式的大操作台厨房占了整间房屋的一半。在这些工作台的不经意的角落里还摆放着主人一家的相片,有孩子儿时的笑容,淘气时的一身泥,波姐夫妻幸福对视的一瞬间……台上一些瓶罐里的绿植把整个屋子点缀得特别有生气。其中一个小罐里,竟然种着香葱。呵呵,从没发现葱都可以变得如此有艺术感。

主人家热情地招呼着我们这些远道而来的故乡人。来荷兰一定要喝喝荷兰的牛奶,孩子们一杯接一杯,并且一直不停地说,这是他们喝过的最好喝的牛奶。波姐为我们煮了咖啡,家里立即弥漫着醇醇的咖啡香。虽然每年我都有出来看看世界的机会,但这应是我第一次踏入原住民的家,感受真正的国外居家生活。这样的家居氛围及彻底放松的心情,也让我们像孩子一样兴奋不已。

简单收拾一下后,我们决定去小镇上走走。相机随处一拍,都是不用修饰的美,颜色比任何一个软件里的色泽都要赏心悦目。围着小运河的村庄,悠闲的人们坐在河边随处可见的木椅上喝着啤酒，有骑着自行车在小镇上穿梭的行人。

这个小镇也是荷兰知名的一个旅游小镇，最出名的是这个小镇的芝士，很多店家把一块块直径 10~30 毫米不等的鹅黄色芝士整齐堆放在橱窗上。尽管没有招牌，我们也能判断出这些店铺是小镇上知名的芝士老作坊。

店家会把各种口味的芝士切成豆丁大小的颗粒放在小碟里，供客人品尝。我们几乎把每个口味都试吃了，但最终没买。绝不是我们贪吃占便宜，而是论公斤计重的芝士，实在不方便抬回中国去。

店家很开心地看着我们，看我们尝完一种口味后，他总会伸出大拇指。尽管我们最后没有买，但胖胖的店主还是热情地把我们送到门口，并一遍遍地感谢我们喜欢他家的芝士。

从巴黎到阿姆斯特丹，一出火车站，我就发现荷兰这个国家大部分人都喜欢骑自行车。由于自行车太多，为了节省停放空间，停车场都是立体的，上上下下摆了几层，就如我们常见的立体车库。喜欢骑自行车并不仅仅代表着喜欢运动，更代表着热爱生活。就此可以看出这是一个会生活的国家。

当然，在这田园的小镇里，我们也要体验一下这样的田园骑行生活。波姐带我们去租车行，我们计划全家骑行去附近的海边。车行里面整齐有序地堆放着形形色色各种功能的自行车，大家都挑选了自己喜欢的单车，因为我在 20 年前骑自行车失控冲进西瓜地留下了心理阴影，至今便不敢再考验自己的平衡能力，所以只能与闺密 Nelly 骑辆双人车。

而此时 6 岁的 Lalay 与 10 岁的 River 正在为不能独自骑一辆车愤愤不平地与阿开争论着，阿开的理由是：路途太远，你们太小，只有大人才可以独自骑一辆车。此刻我这个 40+ 的大人默默地站在了一边。

我们一行 6 辆车上路了。乡间小道的两边都是绿色的草地，像猪一样肥胖的羊群给绿色的草甸绣上了一朵朵白色的大花，草甸上的尖顶农家小屋三三两两地聚集着，星星点点地映衬着这完美的景象。

去海边的骑行路上要经过一个大风车，虽然风车是荷兰这个国家的标志，但并不是随处可见。荷兰的风车都是木质的，风叶下有个木屋，这个木屋通常是可以转换风力的手工作坊，我们参观的是将风力转换成电力驱动制作芝士的作坊。当然，现代的机械化已代替了这些低效率的手工作坊，但这些街坊都已习惯老师父们有温度的熟悉味道。

由于景美、心情舒畅，10 公里远的目的地很快就到了。这里是一个游艇的码头，不下百艘的各种游艇都停靠在这里。岸边有很多木屋，这些木屋都是可以出租的。欧洲人的 8 月一般都是度假月。所以，凡是度假的地方，都有很多游客。这里的游客会在海边找一个休闲的地方住下来，有的驾上游艇出海，有的到沙滩上晒太阳。晒黑代表你有假期，当然也代表着你是一个可以享受，可以自由支配时间的成功人士。

由于码头游艇燃料的排放，这里的海水并不适合人们到海里畅游。这个很小的沙滩，也就成为一个大家聚集在这里吹吹海风聊聊天的地方。

Lalay 与 River 不喜欢听大人们讲那些与他们无关的话题，两人带着小桶和玩具沙铲，走到不远的海边，非常认真地建造着他们自己心目中的沙滩城堡。我们远远看着，幻想着两个小小人儿长大，给我们上映剧中常见的青梅竹马的爱情。其实从 Lalay 出生起，一个癫一个傻的两位妈就经常以亲家相称，渐大的孩子似懂非懂，当然不理会两个癫妈的一厢情愿。

回来的路上我们经过一个或许是小镇的河堤大坝，在这个坝上聚集了很多店铺，店铺多为各种酒馆、咖啡馆。休闲的人们都三三两两在桌前大口喝酒，大口吃肉，开心的他们不管是否相识都热情奔放地相约一起大声唱同一首歌，海岸远处太阳正通红地掉下地平线，在欢快的歌声里骑车经过堤坝的一行人，与落日金色余晖共同构成了一幅剪影，诠释着美好生活的模样。

当月亮高挂时，我们才回到了家。我和儿子住在最顶层的阁楼上，三角形的屋顶上开了一扇窗，我们的床正在窗下。躺在床上，兴奋了一天的儿子早已睡去，窗外雨声拍打着窗，我久久不能入眠。如今的美好生活让我不禁想起了很多以前的故事，窗外的雨滴似乎滴进了眼睛里，湿了枕头。

第二天早上，波姐15岁的儿子为我们准备了各种面包、水果、饮料等丰富的早餐，碗碗碟碟、杯杯盏盏摆放得好像餐馆。早餐的意义对于我们来说或许只是填饱肚子，而对于爱生活的波姐一家来说，它却是一场让你开启一天愉悦心情的习惯性存在的仪式。

我们决定今天去市区的阿姆看看，毕竟来了。阿姆的街道、小河、高一些的尖顶小楼，还有坐在路边休闲的人们，所有进入这座城的人都会被他们的慢生活感染，再忙碌的人都会在此时放慢脚步，来感受他们的惬意生活。

从中国出来时，Nelly再三叮嘱我，欧洲现在热得受不了，她的客户都因为热出去度假了，绝对不用带长袖外套。可不管是第一站的巴黎，还是现在的阿姆，只有十几摄氏度的气温让我们裹上在身上的所有"布"，在巴黎ZARA买的一块棉麻桌布也艺术地给Lalay裹在了身上，River一直嘟囔着为什么临走时要把奶奶放在箱子里的长袖外套给拧出来。

因为冷，波姐将一件很小的纯羊绒衫给Lalay穿上，正合身。我们都奇怪，波姐只有两个儿子，家里怎么会有这么小的女孩衣服？波姐大笑着说，

这是她自己的衣服,但由于不慎将其放在洗衣机里洗,最后就变成这个尺码了。Lalay 有了合身的衣服穿,我们叫 Lalay 谢谢阿姨,鬼马的 Lalay 大声说:"谢谢洗衣机!"

这就是 Lalay,我的鬼马精灵儿媳妇。

德国奥格斯

> 喜欢德国，被德系文化已经侵蚀了18年的我，如今拥有的良好行为习惯，应感谢上汽大众的培养。

德国慕尼黑，如果没记错，我已经光顾了这个城市不少于6次。

我们从阿姆飞到慕尼黑，然后再坐一小时的士，到达阿开的家：奥格斯，一个小城镇。

阿开的父母，在阿开结婚那年，我们在中国见过面。

但，现在，他们身体都不太好。

院门虚掩着，没上锁，我们走进小院，干净整齐的院落，晒衣绳上还晾晒着老人的几件衣服。踏上门前的小楼梯，两只咧开嘴开心笑的青蛙木雕迎接着我们，看见它们就会自然咧着嘴跟它们一起笑。阿开用钥匙自己打开了家门，浪迹天涯的孩子回家了！

作为一个离家远嫁的孩子，我很明白此时归家的心情。

因为一直都很安静，我们以为欧爸（德语爷爷的意思）出去了，可房门打开后，就听见了先进屋的阿开与爸爸对话的声音，才知道爸爸一个人安静地在家里。每天随时可能都会有人打开门进屋，所以欧爸已经习惯了。能打开房门进家的，要么是每天都会来看看他的大儿子——阿开的哥哥，要么就是每天来为他做卫生的护工或是经常来为他检查身体的医护人员。

在德国，老人医疗等福利保障健全。孩子们长大后，老人也不喜欢跟他们住在一起。如果老人需要照顾，社区护工会为他们安排好一切，所以他们不存在养儿防老的问题。

而今天开门进来的是他久别的小儿子，还有远道而来的我们，欧爸开心又意外。

欧爸欧妈都已经 70 多岁了,欧妈早在几年前就患了老年痴呆症,对一切都失去了记忆。之前欧爸身体好时,欧妈都住在家里,欧爸照顾着欧妈,每天牵着欧妈的手出去转转,欧妈不记得任何人,但她只记得欧爸那双大手,有他就有安全感,她像个孩子一样依赖着欧爸。但自从欧爸在一年前被查出癌症后,就不能再照顾欧妈了,所以欧妈就住进了家附近的养老院。

但自从欧妈住进养老院后,她的记忆丧失得越来越快。欧爸患病后最大的疼痛来自他的盆骨部位,每走一步都让他疼得咬牙切齿,但他依旧每天坚持出门去养老院看已经不记得任何人的欧妈。

欧爸如今看起来还是很精神的,面对鬼灵精怪的 Lalay,他只能怜爱地看着,却连一个拥抱也无力给她。Nelly 说,这要是在前几年,爸爸妈妈身体都好的时候,每次他们回来,家中每一处都会被妈妈精心布置,每一处都为归家的他们藏着惊喜。或许在某个角落藏着一个可爱的毛公仔,或者在某个小碟里摆一个美丽的饰物,这些都是作为礼物送给不远万里归来的儿孙们的。

妈妈是个特别爱生活的老人,营养丰富的早餐,各种饮品的杯子,不同大小的面包碟子,各种材质尺寸的叉子,都琳琅满目地摆满了整张桌子。每天不同款式的桌布,插上各种鲜花点缀,开启这美好一天。

下午茶时,妈妈会亲自烤几种口味独特的蛋糕,蛋糕上放些 Nelly 最喜欢吃的水果,画上 Lalay 喜欢的公仔形象,切成块状摆放在各种精致考究的餐碟里。

晚餐,点上香薰的蜡烛,放些好听的音乐,在水晶玻璃杯里倒上葡萄酒,这么隆重的景象却只是一个下午茶、一个晚点、一顿早餐,每一餐都像一个精心设计的开心 Party。总之，妈妈的在每一天，都在给身边的人带来惊喜与幸福。

而如今，我看到的是很安静的家，欧妈喜欢的所有东西都静静地摆放在原来的位置上等待着欧妈回家。或许那些摆得整整齐齐的各种制作蛋糕的用料已经过期，但只要它们都还在，就是一种爱的记忆。任何地方都是干净光亮的，欧爸每天都会擦拭这些玻璃的、树脂的、陶瓷的、铜的、木的……欧妈喜欢的饰物，它们像欧爸一样都在安静地等待着欧妈回家。

中午我们在家附近的亚洲餐厅吃了几个炒饭，然后在旁边的中国超市买了很多做饭的原料，准备今晚在家做饭给欧爸吃，回家嘛，当然应该像回家的样子。

做完这些，已经是下午 3 点多了，我们要去看看在老人院的欧妈。

去老人院开车大概只需 15 分钟，离家还是很近的。原来想象老人院应该和医院一样有很浓的医药混杂的味道，或者老人院就像福利院，有些悲凉的样子。

但来了才发现，这里与想象的完全不同：安静、整洁、清爽。伴着阳光，我们走上了欧妈住的三楼，看到很多老人开心地谈笑着，他们刚刚结束下午茶时间。有的从电梯里出来正准备回房间，有的自己坐在轮椅上看书……老人们的精神都非常不错，见到我们都友好地跟我们微笑打招呼，欧爸跟他们相熟地点头微笑着。

一年多了，拄着拐杖的欧爸与老人们越来越熟悉，但与他最爱的欧妈，却越来越陌生。

我们进到房间，房间里干净整洁，只有床和柜子。另一张床上的老人不在，欧妈躺在床上，Nelly、Lalay 都在旁边。回想 6 年前，欧妈去中国，那时 Lalay 还没有出生，我们跟两位老人一起吃晚饭，欧妈精神抖擞，穿着非常漂亮的白色印花衬衫，花白的短发泛着光泽，戴着很精致的饰物。

虽然我们听不懂她跟我们说什么，但老人的热情开心让我们一直难忘。欧妈自己修炼气功，并且研究过中医穴位的推拿，她很认真地给我们每个人手掌上发功，大家都惊奇地感受到了手心上的热量积聚。

如今躺在床上的欧妈与那年的她判若两人。一年的卧床，不断地吃药再加上不运动，使她的体重骤增。头发依旧花白，依旧光泽，眼睛依旧有神。她常常会用似曾相识的目光盯着我们并给以温柔的微笑。那一刻，我觉得欧妈好像恢复了记忆，她的表情明明就是在微笑地迎接远方的我们。我看着她的眼睛，尽管她与我仅有两面之缘，但我依旧可以感受到老人眼中的怜爱。

孩子回来看你了，你眼睛里分明是知道我们来自何方，你嘴角的微笑分明就是在欢迎我们的到来，只是你身体不便，不能起来给我们一个拥抱，你心里是多期盼自己可以起来给我们你习惯的惊喜……

当我看见阿开拉住妈妈的手，不断用他们自己的语言交流时，妈妈的嘴角会不时地动一动，好似有意无意的回应。此时的我再也无法压抑心中的感动，眼泪夺眶而出。

欧妈，孩子们回来看你了，你肯定是明白的。

我想到了远方的爸爸妈妈，你们好好的，就是我们做儿女最大的幸福！

晚上，我们开始烧烤。烧烤是德国人最爱吃的东西，而且也是最在行的。

我们分别去了三个超市买今天晚饭的原材料，做汤的青菜、土豆、番茄是在中国超市买的，还买了一瓶任何国度都能买到的中国贵州出品的老干妈，异国他乡能吃一口自己熟悉的味道，简直就是超级幸福的满足。再在另一个超市买了牛奶、水果之类的食品。最后，追求完美的阿开，坚持去了他认为烤肉最好吃的那家超市买了肉和肠。

回到家，我们分工，开始准备这顿最丰盛的晚餐。两个孩子有模有样地帮着大人们洗洗涮涮，调皮的 Lalay 切土豆、洋葱、番茄的功夫，还真是让我们刮目相看。平时从不在家做事的 River 在开叔叔的教导下洗各种菇类，很认真的样子。Nelly 准备煮她认为最好喝的汤，就是把刚才买过的所有蔬菜，全部放在一个锅里煮熟，再放上盐。虽然是一锅杂烩，但事实是，还真的很好吃，至少我喝了两碗。的确，很久没吃过煮熟了的蔬菜了，这个应该是主要原因。

我负责把全部人的衣服从洗衣机里拿出来然后晾晒在院子里。我本觉得是很简单的事，不料却找不到衣架，这个国度只有晾衣绳和夹子，要把衣服一件件地夹在绳子上，有些原始，也很新鲜。5 个人这几天换洗下来的衣服，洗衣机足足洗了三轮，小院子里的三条晒衣绳应是这么多年来第一次这么满负荷，院子里立刻人气满满。

德国人的房子连地下室一般都有四层，洗衣房通常就在地下室，洗衣机及所有清洁用品都在这儿。借着洗衣的职务之便，我得以好好参观了大有乾坤的地下室。地下室里有间工具房，各类工具样样齐全，连刨床、铣床这种稍大型的设备都有，里面的各种材料摆放整齐，像个仓库。在德国，只要是男人，一出生就具备操弄机械的能力。我想俺家先生要来的话，对工具房的兴趣就像我对陈列柜里摆放的各类杯子一样兴奋。

地下室里还存放着很多空玻璃瓶，也有啤酒、可乐。或许欧爸时常也会自己独酌两杯。一个孤独的老人，还是一个患了重病的老人独自居住，却把家中任何一个角落的物件都整理的整整齐齐、干干净净，连地下室这样少有人去的地方都是如此。

我们来的这个月份，其实已经是德国非常热的月份，但德国人家里都没有空调。阿开告诉我他们靠的是房子的自然隔热。对于环保的关心，德国至少比所有国家都要早20年，比中国要早得更多。德国人的严谨不得不让我们感到由衷的钦佩并向之学习。

还是先把晚餐的事情说完。

一切准备好后，阿开才发现家里没有烧烤炉，于是他赶紧出去买炉，回来后把两个孩子叫到身边帮忙。对于不爱动手的River，他一点一点耐心地教，直到一起把炉子拼装起来。在德国人的橱柜里分门别类有很多格子，每一个格子都放着规定好的东西，整整齐齐。有一个格子专门放的是做饭所需的各种工具。阿开很轻易在那找到了烧烤点火用的工具。之所以快，是因为任何物件摆放都非常有规矩，所以没花多少力气他就把火生起来了。

在花园里，我们学着欧妈的传统习惯，在餐桌上垫上图案美丽的桌布，并摆好一套套讲究的碟、叉、刀，把水果洗好，切成大小适中的小块装在了精致的碟里，拿出各种玻璃杯对应装上各自要喝的饮料啤酒，再把阿开烤熟的各种肉切好分到六人的盘里。此时正是夕阳西下，金色的光斜照在黄色粗糙的外墙上，墙上的挂画在夕阳的照耀下特别鲜艳。这样温馨热闹的场面，阿开说：这餐饭，爸爸一定会有以往过年的感觉。

接下来的两天里，我们去了小镇的河边，那里有很多休闲度假的人。下午的太阳光很强烈，但很多人却乐此不疲地在河边晒着太阳，湖水清澈得可以看见水中畅游的小鱼，这么热的天，湖水依旧冰凉得刺骨。很多光屁股的孩子就这样在湖水中开心地玩耍着，年轻的父母把几个月大的孩子一丝不挂地丢进水里时，我意识到中国的教育方式，从一开始就让孩子的意志力落在了别国的后面。不到1岁的孩子可以在冰冷的湖水中嬉戏，而我家11岁的小伙子在发现湖水冰凉刺骨时便放弃了脱鞋泡脚的念头。不懂得自立、被娇惯坏了，作为父母的我们应该反思。

在斯图加特的购物环节就不赘述了，总之，我来过这里三次，每次，我都能把自己逛得咬牙切齿地累……

关于阿开家之行，我特别想再说说关于垃圾分类的感悟。

在阿开家住了三天，我们每晚都自己做饭，亲身经历了什么叫环保，什么叫垃圾分类的日常习惯。阿开家的垃圾桶分成两个箱子，一个专门放包装袋类的塑料垃圾，一个放可以燃烧的如纸巾类的垃圾，食物类残留物放在另一个单独的盒子里，我们每天会将这个盒子里的残留物倒在院子里的一个土堆上。当然外国的食物残渣没有中国的那么油腻复杂，它们被倒在这些土壤里经过自身净化自行发酵，就成了院子里种花种草的天然肥料。而那两个不同类垃圾的箱子，将会被倒进每家院子里的分类大垃圾桶里，每两天就会有垃圾车来清理它们。

一个国家的强大体现在：一项规定，可以让所有人自觉地遵守并一代接一代地执行。在环保这件事上，我相信他们为子孙留下的无污染的自然资源已是一笔无法用金钱衡量的财富。另外，在处理这些废品上，每个人的自觉，都为这项公共服务节省了足以养活很多人的成本。让人钦佩一个国家的主要原因不是财富与成本，而是一个民族的严谨。你要相信在这个国家，一旦危难发生，只要一声令下，所有人会因为习惯而懂得遵守规则，不假思索地跟着指令朝一个方向飞快前行，速度快才是减少危机损失最好的方法。而不遵守规矩的团体，大到一个国家，小到一家公司，终究会像一盘散沙，无法凝聚，更无法强大。

喜欢德国，被德系文化已经侵蚀18年的我，能拥有如今良好的行为习惯，应感谢上汽大众的培养。

离开德国，我们跟阿开分开，他继续留在家里，我们妇孺四人之旅开始了。

西班牙马德里

落地西班牙首都马德里，一出机场，杂乱的人群，也没有这么整洁的环境，有些许不习惯。

我们住的这条街，是华人聚集区，因此可以看到很多中国人开的店铺：餐馆、超市、电器维修、理发店，甚至连做指甲的店都有。感觉亲切但也觉得冷漠，远在万里可以看到自己国家的人，并且可以用国语沟通，对于我们是很亲切的，但久居这里的华人，做的也多半是这里华人及游客的生意，见得多了，表情自然就有些木然。所以我们感觉自己的激动和热情贴上了漠然，就是冷漠。

这条街上有很多流浪汉及乞讨者，他们随意地蜷缩在某个角落，有时身边还会跟随着几条同样流浪的狗。如果一个城市或国家稳定和谐，这样的景象极少，社会福利会解决这些基本温饱的民生问题，所以这让我们对这座城市有些惶恐与不安。

没有依赖就是成长。

与欧洲各个国家都有生意往来的Nelly，安排好我们的一切后，就忙着去约见客户，留下我们三个自己解决午饭及接下来的活动。刚离开阿开的我们，此时非常想念他这个保护神，如果他在，我们不愁吃不愁去哪里，而现在，我们三人中堪称顶梁柱的我，在这里却是个聋子哑巴。

我们三个带上钥匙出门了，准备在附近找些吃的。看图说话，我相信我还是可以应付的。每走一个转弯路口，我都非常认真地努力记住标示，就怕我这个完全没有方向感的人，一不留神就把我们三个给弄丢了。

转了一大圈，但各个店里的图片上都没有两个刁钻的娃想吃的东西。如果问他们想吃什么，他们任何时候都会不假思索地马上告诉你：蛋炒饭！

最后我们决定去超市看看，当发现中国人开的超市里有各种口味的牛肉方便面时，我们都异口同声地决定就吃它了！自从在荷兰喝过世上最好喝的牛奶后，到每一个国家牛奶就成了孩子最愿意喝的东西。每喝一次，他们都会与荷兰做对比，结果荷兰永远都是第一。一大罐牛奶、7盒方便面，还有火腿肠，大家都高兴地对午餐充满着期望。在街角转角处，我们还买了Lalay最爱吃的冰激凌，Lalay说，可以吃这么多平时爸爸不让她吃的东西，简直就是任性！管他的呢，跟着艳子，想吃啥吃啥。

回到家，孩子们非常满意我们这顿不用劳碌奔波，又极其符合各自胃口的午餐，他们只要吃饱了，就兴奋得不得了。鬼灵精怪的Lalay改口叫我妈妈，还一个劲地自编自演地唱着艳子如何如何好。面对最不喜欢的镜头，她还大方兴奋地录段视频给她爸爸妈妈看。后来我把这段视频放在了朋友圈里，引来了人气最高的点赞。

视频中Lalay不断重复着：艳子为什么这么好呢？……这成了大家从此调侃的话题。

晚饭时间，Nelly跟伙伴终于回来了，这一餐，可是大餐！吃的是Nelly用夸张的表情来形容的如何好吃的西班牙火腿。西班牙被称为欧洲的美食国家，事实也的确如此。其他国家食材简单，做出来的东西自然也就那么几样，但在这里，就如中国一样，什么都吃，煎炒炸各种煮食方法都有，所以味道非常适合我们。

那一大盆海鲜饭上桌时，我们几个不禁狂呼"太棒了"，多少天没吃米饭了！还有很多我叫不出名的菜，其实它叫什么也没那么重要，能吃、好吃、马上吃就行。

朋友带我们来的这家餐厅，摆设餐具讲究，服务生都是上了60岁的花白胡子老头，看着他们娴熟的上菜及斟酒的姿势，我明白了任何行业吸引人的永远都是专业。最喜欢外国人的主动热情，他们的眼睛随时都在与你相遇，并且会像老朋友一样微笑着与你对话。而我们中国人矜持与含蓄是传统的美德，眼睛总是躲得远远的，就算对面而坐都不敢直视别人。

跟 River 分享，希望他敢于直视与他面对的人，出于礼貌也代表热情自信。

撑着吃得太饱的肚子，我们还准备去吃当地朋友介绍的马德里传说中最好吃的冰激凌，因为错过了这条街，也许就没机会了。七八点钟的街道上，太阳正准备落山，西斜的光影照射着不高的尖顶建筑，特别好看。光面与阴面形成了视觉上的层次，不需刻意考虑角度，就可以随手拍出很美的照片，我被美景吸引，与大家相隔了有七八米。

忽然，我感觉到我的背包有一丝重力，我低头一看，右肩上的挎包里有一只手，我条件反射转身一拳打过去，并不由自主地骂了句"痴线"！年轻、白人、看起来像学生，一点也不凶悍的贼，同行有三个人……贼故作无辜地说了句："What？"然后匆匆从我们身边走过，离开了。

我的吼声也让朋友们转过了身，大家都没反应过来发生了什么事，我把刚才的经过跟大家说了一遍。有些后怕，孩子们也被吓到了，露出害怕的表情并紧紧拉着我的手。其实,害怕的不是被偷什么东西,因为包里只有一个移动 Wi-Fi 和一个零钱包,贼以为移动 Wi-Fi 是手机。

我害怕的是,如果遇到凶悍的贼,当我条件反射地一拳打过去时,对方拔出一把刀,在这人生地不熟的地方,我还带着孩子,那后果真的不堪设想。想着这些,心一直乱跳。但觉得好笑的是,原来我在潜意识里,骂人的话居然是一句广东话"痴线"!

这一招后,对西班牙的印象可以说是跌到了谷底。

瑞士苏黎世

在这样的阳台上,我会为如今可以看上这样的景、过上这样的生活而感谢一直都在努力的自己。

瑞士,从刚出机场坐的士,司机一见面时如老朋友般亲切自然的问候,到安静洁净的街道,再到入住酒店时前台人员的态度,都让我们备感温暖。酒店前台看见我们有孩子,主动为我们升级了大房间,并帮我们加一张小床。当我们进到房间时,一切都已准备妥当。两张大床上各放了一颗巧克力,小床上放着一个可爱的小熊,这些都让孩子们开心不已。因为酒店人员的做法超过了我们的预期并给我们带来了巨大的惊喜。想客户所想,才是真正地为客户服务。

休整片刻,我们坐上公交车准备进入市区。票是在公交车站自助机上买的,从进站上车到下车出站并没有任何人来验票,大家所做的一切都是源于自觉自发。苏黎世这座小城处处都围着瑞士湖,湖边两岸有各种高高细长的钟楼或者尖塔,倒映在湖水中。白天鹅滑动着厚厚的脚掌朝着向它们示好的人群游去,让倒影泛起曲曲折折的涟漪。

空气正好,阳光正好,气温正好,让一切都那么合意。今天正逢周末,所有大大小小的店铺除了饮食类,全都没有开门。游客们只能隔着厚厚的橱窗贪婪地打量着这些心仪之物。窄巷处,两旁三层的小楼,整齐地挂着国旗或代表不同意义的徽旗,悠闲的人们在街道上走过,彩色的旗帜飘扬,成为一道独特的风景。

闺密说这里有世上最好吃的提拉米苏蛋糕,还有芝士土豆。我们走走停停,任意在自己想停留的地方享受着这座小城的悠闲魅力。

我很想早些回去,只想把看到的这一切美好用文字记载下来。坐在可以看见远方雪山的阳台上,看着日落,等待月亮升起,我只想这样一直守候着。

碧蓝的天空,远处层层叠叠的山脉在阳光的照射下可以看见闪耀的积雪,一直蜿蜒在湖边的红顶灰顶黑顶的房屋与密密匝匝绿色的树丛相伴,渴望在今晚看见家家户户星星点点的灯光亮起,那将是一种在蓝色纽带上镶嵌着闪闪发光的钻石的景象。最好还能看见夕阳,红了一片湖。在这样的阳台上,我会为如今可以看上这样的景、过上这样的生活而感谢一直都在努力的自己。

一时兴起,写了首小诗:
从雪山飘过来的空气,
寒冷清新,
不舍得走,

只担心月亮逃离。

一直守候在这里,

等候你的升起。

守住了你却不见了星星,

让它们全部掉进了湖里。

第二天周一,一早醒来我和 Nelly 各自处理着手上的工作,一直拖到 10 点多才带着吵闹的孩子去吃早餐。可早餐已经过了时间,结束了。Lalay 即刻委屈地哭出了声,胖胖的服务员顿时露出心疼怜爱的表情,把孩子们叫住,从后台厨房里拿出面包香肠,吃的喝的样样齐全,以此来安慰已经破涕为笑的 Lalay……

在离开酒店准备去机场时,酒店帮忙叫了的士。车来了,我们有些尴尬,司机是一个满脸皱纹、精神抖擞的貌似 70 岁以上的老人。穿得非常时尚,红色裤子,钩花白色上衣,非常热情地与我们交谈,为我们打开后备厢,还想为我抬起那有 26 公斤的行李箱!我赶紧连声说谢谢,自己咬着牙把它抬上了车尾。老奶奶说:Oh,You are stronger than me! 谁说年龄是美貌的天敌?老奶奶开车时,我一直在她身后看着她,她的侧影美丽得让我不愿侧目。

我们在苏黎世湖上坐游船。River 不忘给姐姐邮寄明信片,询问工作人员是否有邮票卖,工作人员露出很遗憾的表情,然后立即又说:"你们写好后,可以交给我,我下班后帮你们买好邮票再把明信片放进邮筒。"

在机场,由于不清楚退税程序,我们不得不咨询很多人。一个在安检入口处的工作人员,面对我们的每一次询问都热情耐心地为我们解答,当我们办完相关手续进安检时,她犹如老朋友般对我们说:"我们已经是第三次见面了,我们已经是朋友了,可以相约去喝咖啡了。"

瑞士人的好不仅留在我们成年人的心里,就连两个孩子在总结自己走过的国家时,都将瑞士总结为"人好",而其他国家,让他们记忆深刻的都是好吃的。

离开瑞士,我们飞往欧洲之旅的最后一站——英国伦敦。

伦敦

伦敦,全是灰蒙蒙的一片。机场所有人的步行速度都要比之前去过的几个国家的步行速度快上好几拍。我感觉这里像上海,像香港,像深圳,像所有忙碌浮躁的地方,人们的脸上都写着相同的"陌生"表情。

出了机场,全是寒意,十几摄氏度的样子。

瑞士的好,还全在脑子里。瑞士的蓝天白云、碧蓝的湖水,还全在眼睛里。伦敦,全是灰蒙蒙的一片,机场所有人的步行速度都要比之前去过的几个国家的步行速度快上好几拍。我感觉这里像上海,像香港,像深圳,像所有忙碌浮躁的地方,人们的脸上都写着相同的"陌生"表情。

坐上代表英伦风格的老爷出租车,我们驶向市区酒店。司机也是一位上了年纪的老人,非常健谈又幽默,与 Nelly 在车上谈笑风生,我们虽然听不懂,但从他们的表情中可以感受到他们交谈的欢乐。

英镑,全世界最贵的钱,当出租车上的金额跳到 100 英镑时,我们的心就随着仪表上每一次跳动而心痛抖动一次。此次欧洲之行,我们花在交通工具上的费用，粗略地估算就已经达到了 6000 元。车终于停在了有高大罗马柱的一个酒店门口，一个超级帅的英国小伙穿着笔挺的西装来给我们开门。

可以入住这么高级的酒店，孩子们都显得格外兴奋。Nelly 惊讶地对司机说："不是这儿吧？"酒店都是 Nelly 一手操办在网上预订的，所以住在哪里只有她才清楚。我想，这英国帅哥也太帅了吧！如果 1000 多元有这样的服务和档次也是值了！

结果当然是，我们走错了！我们的酒店就在他们隔壁。那位帅气小伙有些失望，他应该是好久都没有接到客人了。

我们的酒店属于设计酒店，一切都和常规酒店不同，我很喜欢。

首先，办理前台入住的地方是个开放的圆形柜台，所有住客都需通过网络预订，再到这个开放柜台处，自行操作系统完成房间的交款开房卡等。有几个穿着这个酒店标志性红色 T 恤的年轻人协助我们办理。整个大堂分布有咖啡厅、餐厅、书吧及一些精品物件销售处。所有的区域、摆件、家具、座椅看似凌乱，但却有着各自独特的风格。主打颜色是红黑两色，偶尔也会跳出一两个鹅黄的色彩，点亮了视野。

咖啡香弥漫了整个空间，三三两两的客人在错落的高矮大小台上或交谈或独自敲击着电脑键盘，这应是个商务人士比较喜欢的地方，从他们的脸上很少看到轻松的高谈阔论，更多的是英国绅士般西装革履地专注商议着某些话题。

英国时间比巴黎还要迟一个钟头，现在英国时间已经是下午 2 点，实际上已经是巴黎时间的 3 点。办完一切手续后肚子超级饿，我们迫不及待地要出门。天空虽然没有蓝天白云，但没雨却是最大的幸事。伦敦有"雾都"

的美称，顾名思义这个城市常年都在雨中。酒店门口有个卖热狗的冰激凌小房子，里面的姐姐特别漂亮，在中国，这么美丽的姑娘肯定不会在路边卖面包。当我们把从中国换来的英镑递给美丽姑娘准备迎取那四个热狗时，却听到姑娘说："这是旧版，不能使用！！！"

到嘴的热狗，飞了！

最重要的是，除了这几张英镑，我们分文没有。

两个刚才还吵闹的孩子知道我们身无分文时，变得出奇地安静，他们再小也明白没钱意味着什么。可现在的情况确实有点麻烦：首先，Nelly没有信用卡、没有现金；其次，我的信用卡从来没有提过现金，根本不记得提现密码是什么。不管怎样，都只能先试试。我们摸索着把信用卡插进了取款机，第一次密码错误、第二次密码错误、第三次密码错误……

呜呼，卡被冻结！！！

身处大不列颠首都伦敦的我们，此刻，无现金，无卡，饥寒交迫，手足无措！在这一瞬间，还真是，有点怕！

回到酒店餐厅，先挂账吃点东西填饱肚子，我赶紧进行信用卡解锁。吃饱后，看看时间已经是英国时间下午4点，离英国下班还有一小时，我们必须找到银行，把旧版纸币换成新币，这样才能解我们的燃眉之急。此刻突然非常想念中国，拿着一部手机可以走天下。任何东西大到奢侈品，小到买根葱，都可以用手机支付，而今天却遇到这样的事。中国如今的强大，令多少人刮目相看。

结局是我们一直走了很远的路。孩子一路上没有如往常一样一会儿要吃冰激凌，一会儿说累了要歇歇，一直陪着我们找银行。最后，辗转多次都以失败告终，不是开门的银行不能换钱，就是街道上的换钱点不接受旧版纸币兑换，要不就是可以换的银行下班了……

再次手足无措，抱着再试一试的心我们再次来到取款机旁，我们说好输两次密码，错了就算了，第一次，又错，第二次，我尝试了另一组数字……

"耶，我们有钱了！"所有人都叫了起来。大街上的大不列颠人民都向我们这几个中国人投来诧异的目光，管他呢！我们有钱了！

来一罐啤酒、三杯果汁、三根热狗、一份薯条……有钱人，当然是想吃什么就吃什么！

英国地铁，River 说是世界上最早的地铁，我不知道。Nelly 决定带我们体验一下。我们住的酒店隔壁就是地铁出口，我们也不知道现在是在哪个站，更不知道即将去哪个站，反正我听不懂也完全不知道自己在哪，去哪都可以。

英国地铁本身的复杂程度就已经可以让一个英国人琢磨很久，对于我们几个来说更是如天书一般难懂。最后我们上了一列车，坐了一站，出来却并不是我们的酒店，但远远地可以看见我们酒店旁边的高塔，于是我们就沿着这河边慢慢地走回去。自从有了钱之后，我的安全感倍增，所以走几步路，算什么委屈呢？

我们回到酒店后倒头就睡，不安的一天，早早结束了。

明天据说是探险之旅，因为 Nelly 要去工作，留下了两个娃和一个不懂英文的妈，在这个不能只用陌生形容的国度生活一天，我们能去哪？我们吃什么……

相信艳子，没有依赖的时候，就是成长的时候。

天依旧灰蒙蒙的。所住的房间面向室内，所以不知天日。早上 6 点半，起床，要出去走走，一是因为我只有独处时才可以安静地看看这座城市；

二是我要先出去查看路线，以便带着孩子顺利游玩。

之前的几个城市，早晨6点，街上除了流浪汉，很少有人。但伦敦毕竟是金融政要中心，这个点出门，街上已有很多行色匆匆的人正走向自己的目的地。街上的车疾驰而过，很多步伐轻盈的人在奔跑。这座城市跟中国的上海、深圳、香港已经没什么不同。我努力记住每一个走过的路口，生怕自己会迷失方向把自己丢了。其实，走丢是肯定不会的，毕竟沿原路返回的能力我还是有的。

我喜欢早晨的城市，因为它一定是人最少的时候。这样我就可以一个人用心寻找欣赏这座城市最美的角度。看着灰蒙蒙的伦敦，我突然发现以前在画面上了解的伦敦其实是真的，我们最常看见的是红色电话亭、红色双层巴士，其实还有红色公交车亭，红色邮箱，红色公交线……这些红色的存在都是因为这座城市有太多的灰色，灰色天空、灰色房屋、灰色地面、灰色建筑，而这些红，让这座城跳跃在压抑中，我捕捉到了这些瞬间。回望相片，自己都觉得拍出了英国的特色，也搞清楚了为什么英国会有这么多的红色点缀。

雨开始下，我把围巾套在头上。走进一间超市，选了一瓶有英国国旗的牛奶、一个面包、几个桃子。结果买单时发现根本没有收钱的人，买东西的人都是在一台机器上自动买单的，我木木地戳在那里，想看看别人如何操作，店里高大的保安看见我不知所措，主动帮忙，我才得以顺利地买到东西。

我应是在伦敦的商务集中地，7点半的街上，全都是熙熙攘攘西装革履的白领人士，超市里也是人群如织，购买着面包类的早餐。这里一切都是快节奏的，不像在之前的几个国家，还有独立的面包店为大家提供着各式各样美味的面包，而这里一切都是只要快速便捷，款式简单，没有那么多生活元素，一切为了生存，而不是生活！这，像极了中国！

雨越下越大，我们不能出去，也不想出去。没有伞是一个最有说服力的理由，其实不知去哪才是我们的真正理由。下午，我到七楼写东西，孩子们在房间看电视，这样的安排大家都非常满意。

第二天，天气大好，阳光明媚，这在雾都伦敦真是难得的好天气。

我们继续选择如在马德里一样坐着观光巴士游览，这应是了解整座城市最简捷快速的方式。该游览的景点都在双层大巴上通过耳机的翻译中一一游览了，虽然我也没有记住几个名胜的名字，但也算是走马观花看过了。

晚上，我花了两小时写了28张明信片，给每一个我牵挂的人。每一张明信片我都很认真地结合这个国家、这张明信片上的图片风景写成字，回看时，会感动到自己。这些被牵挂的人，每次都很盼望着这张漂洋过海的明信片早日邮寄到，然后收着它们，偶尔翻阅。期望那么有心的文字，不要掉进海里。

结束

再次感谢我的疯婆闺密，我的傻只有遇上你的疯，我才能跟你一起过上真实闷骚的癫狂生活！

我与闺密及孩子们15天的欧洲之旅结束了。这样的远行还是第一次，感谢闺密 Nelly 给我们这样的机会，让我可以如此近地感受各国人文的真实生活。与儿子 15 天的形影不离，也应是他出生 11 年以来的第一次。

在这漂洋过海的 15 天里，孩子们从刚开始沉默不语不愿与人沟通，到离开时主动尝试用英语与别人交谈；从之前只顾自己不为别人着想，到现在懂得互相谦让；从刚开始连走路没精打采到现在的活蹦乱跳；从之前的双眼无神到现在眼里闪烁出了新奇的光芒；从对这五个国家地图上的了解到如今的总结概括侃侃而谈……这些都是他们在家里在书里无法学习到的。他们这 15 天的成长，让我感到很欣慰。我们这 15 天的付出，很开心、很快乐，一切都值了。

回程的 11 小时，我用两小时看了一部片子，然后纹丝不动地坐在这里敲击键盘，完成了 15 天 17000 字的游记。5 小时写下 10000 字也是破了我自己的纪录。安静多好，没有电话多好，在写下这些文字时，所经历的一切重新浮现在我的眼前，回看德国那几天的生活，依旧让我泪湿双眼。

再次感谢我的疯婆闺密，我的傻只有遇上你的疯，我才能跟你一起过上真实闷骚的癫狂生活！

女 人 向 上 法 则

早餐的意义对于我们来说或许只是填饱肚子，而对于爱生活的人来说，它却是一场让你开启一天愉悦心情的习惯性存在的仪式。

女人就是要自立自强,
独立向上,
活得漂亮,
这才是人生最大的底气和善意。

第五篇 女人向上，更多故事

最熟悉的陌生人

"10 年之后,我们是朋友,还可以问候。"

他还是回来了,赶在我要回去的这一天。

下午 5 点飞机。上次见面是 2006 年,推算了下,10 年又 1 年。人生有多少个 10 年又 1 年?

当我对镜整理时,刻意没有涂脂抹粉。

以最真实的样子面对吧,虽然记忆里都是彼此最美好的容颜。如今苍老也好,憔悴也罢,我只希望他见到最真实的自己。

见面如想象中平静,两张椅子距离刚刚好,我可以清楚但不清晰地看见他的脸，就如他看我一样。他依旧如17年前一样，清高不屑，如今更添了成功老板的霸气。他依旧清瘦，依旧喜欢穿牛仔裤、运动鞋。

前半小时一直都是我在问，他一本正经地回答。

在彼此心中，不管曾有过多么铭心刻骨的故事，如今都已经苍白，随着岁月流逝自然地褪色，无须掩饰不需藏匿。如今，我们可以毫无忌讳地畅谈过去，因为共同的记忆永远是那段彼此依赖的时光。

我故作轻松：我们当年为什么分手？我都忘记了。

他说：你丢下了我。

我应答：我只想做些事情。

他说：难道我不允许你做事吗？

是的，这理由太过牵强。再后来我真的很认真地思考了这个问题。

毕业后，我漂泊在他居住的这座城，他尚未毕业。在这座陌生的城市里，我最亲的人就是他的家人。找工作时我一直住在他家里，虽然他的父母待我如女儿，但毕竟也给家人添了打扰，所以我只想早日找到有宿舍的工作。3个月后，我终于找到了一份相对固定的工作。

叔叔——他的爸爸，是个非常能干且威信极高的商人。喜欢唱歌看书，心情好的时候常常在家引吭高歌。叔叔也常写东西，梦想能出本书或拍部电影。若干年后，叔叔真的实现了他的梦想。

阿姨——他的妈妈，是我见过的最好的阿姨，事无巨细打理着家里的一切。阿姨做财务，心细又温柔。那段时间，阿姨教会我很多东西。印象最深的是，阿姨每次晾晒衣服时，所有的衣架钩及衣服前后的方向都是一个朝向。当我发现衣服可以晾晒得这般整齐时，自感惭愧，从此便学会了整齐收纳。这小小的习惯改变了我的生活并影响到我的工作，毕竟整齐的归纳力、主次分明的条理性是提升效率的有效方法。

最后一年，我常趁着假期去看他，他在寒暑假也能与我小聚。虽然异地恋有点孤独，但一心要做出一番事业的我，在忙碌中也逐渐适应了这陌生城市的生活。一年后他毕业，我已从业务员做到了市场部经理，经常出差、加班。不管多晚，老板一个电话我就要杀回市郊的公司开会到凌晨。他在父母的帮助下，也进了一家大型知名电器公司上班，工作比我稳定轻松，我们相聚的时间越来越少，相同的话题也渐渐减少，很多看法也出现很多分歧。

他是家里的老大，顺风顺水，又遗传了他爸爸大男人的强势基因，年轻气盛。刚刚学会开车的他，有次开着他爸爸的车不小心撞了一辆公交车，问题不大，但他却因此与他人大吵大闹喊打喊杀。而早一年在底层摸爬滚打的我，在生活中已习惯了寄人篱下应受的委屈，劝他无用，于是彼此的人生观分歧越来越大。

我从没质疑过要嫁给他的承诺，我追随他来到他的城，这里他是我唯一的亲人。

他希望我成为像他母亲一样的女人。而我，只希望成为与他比肩而立的木棉，而不是凡事以他为先的藤蔓。家境优裕的他，没体会过柴米油盐的压力和困扰，对未来和工作也没有明确的目标。

我们的争吵越来越多。我从未忘记大学毕业时的口出狂言——做出一番事业。

再后来的一次大吵后，我把自己关在房间里一整天，在黑暗里扪心自问，反复思考后毅然决然选择离开他，离开他给我营造的看得见的优越环境，跟随如今的先生踏上了前途叵测的创业路。

结束4年的彼此依赖，从此各安天涯。如今的我们，都成了自己想为的人。我成家立业，他也成长为有魄力的男人。

所以，结束往往是成就自己的开始。

提起他妈妈时，我的泪夺眶而出。我说：其实我没有对不起你，因为我们在最美的年龄遇见对方，给了彼此一生中最美好的记忆。但我唯一觉得愧疚的就是你妈妈。记得那时你还没毕业，阿姨担心我一周在宿舍没有好吃的，就与我约定每周回家住一天，每次回去她都会做上可口的饭菜等我。那时我不懂事，有个周末没有回去也忘记给阿姨打个电话，阿姨在七八点依旧不见我，便坐公交到公司找我。

年轻的我，也很懒惰。有一次，叔叔阿姨回了老家，他们的小女儿还在上中学，于是我临时担当起了照顾她的工作。因为懒惰，我把两人积攒了几天的一堆衣服胡乱塞进洗衣机，导致洗衣机超负荷运转，烧坏了马达，冒出的烟把左邻右舍都吓坏了。阿姨知道后也没有责怪我。现在我也为人父母，如果我的儿子将来找了这样的女朋友回家，相信我肯定没有好脸色。

我存放旧物件的箱子里，至今仍保留着读大学时阿姨给我邮寄200元生活费的汇款单，上面有自称妈妈的落款，以及嘱咐我们好好生活的留言。她从心底已将这个不懂事的女孩认定成了儿媳。

阿姨照顾了我近两年，而我离开的时候，竟没对他们说一句告别的话，就这样悄无声息地消失了。每每想起，我都会因当年不懂感恩的自己，感到深深自责。

如果有机会，我一定会去跟他们二位老人说声感谢！

回忆往事，不禁泪流。刚好午饭时间，正好化解了这尴尬。多年不见的他点了满满一桌菜，我们聊得多、吃得少。

下午的飞机,他送我们到地铁口,我乘地铁去机场。下车,我主动说,拥抱一下吧!很自然如老友般相拥,我感受到他手的温度,刹那间回到了20年前的曾经。恍惚间那校园、那曾经的时光……而面前的他,淡定得有些忧伤。

他一直站在原位,眼睛里是18年前送我上车的感伤和落寞。在进地铁口的一霎,我回头,他依旧在原地。

一别谁知多少年。

从此的我们,与逝去的青春告别,与曾经的美好挥手,彼此继续前行在各自追求的人生之路上。十余年的时光中,我们都被自己生活的点点滴滴浸润着、改变着,蓦然回首间,青涩变成熟、柔弱变坚强、熟悉变陌生。

十年之后

我们是朋友

还可以问候

只是那种温柔

再也找不到拥抱的理由

情人最后难免沦为朋友

……

唯愿这一生,彼此安好。

女 人 向 上 法 则

结束往往是成就自己的开始。

等一个人

爱情，不攀枝，因为不需要；不俯首，因为不值得。

一、丽江情缘

　　小雯做外贸，日常穿着7厘米的高跟鞋全球飞，度假则最爱12月的丽江。

　　在丽江，小雯穿纯色棉麻布衣服，背大大的帆布包，时不时从包里掏出记事本写写画画。凉时，她将铅灰棉麻围巾随意在颈上打个结。没有饰物，没有彩妆，用黑色橡圈绾个发髻，与世无争得像一朵纯净的莲花。谁也不会想到如此沉默的她，转身就能在自己的领域所向披靡。

　　小雯内敛，即便我们住在同一家客栈，也只是喜欢在阳光下抱着书啃，交情也仅限于一起出去喝杯咖啡而已。这日，小雯坐在石榴树下，泪滚滚，手握着笔颤抖，写不了一个字。

喜欢用笔跟自己交流的人，字写完了，事就完了，心里再排山倒海，表面也是水波不兴。可如此落泪，那一定是崩溃到连写字都无法释放的境地。

"走，我们出去走走。"我邀请她换个地方，结束悲伤。我们进了布拉格，点一杯小熊拉花的多奶泡摩卡，小雯开始一圈圈地搅拌。

奶泡和咖啡是永远搅拌不到一起的，它们无法相容却相遇，只因为命中注定。小雯自言自语地讲起了她的故事。

二、歌声传情

在丽江，小雯与小猫小狗说话，驻足看飞鸟流云，唯独对人类熟视无睹。常常不说话、不吃东西，过完与世无争的 5 天，飞回去继续应付尔虞我诈。

小雯的梦是身着一袭布衣长裙，住一座开满鲜花的房子，不争不抢，不悲不喜。但，这是梦。梦可以不食人间烟火，而生活离不开柴米油盐。

丽江就是梦。

如果只图个"到此一游"，为了用照片炫耀我去过丽江，那么，丽江跟那些千篇一律的木屋瓦顶亭台楼阁，卖着全国通用的特产和古装的古镇并没有区别。所以小雯喜欢 11 月过来，每次都住不同的酒店，虽然这座城记不住她，但她却能走走停停，细细品味这座城别样的味道。

丽江古城，千百条石板小径八卦阵般围着最中心的四方街。每条街都有鼓店、酒吧、咖啡厅、客栈。各种商铺里都叫卖着特产、围巾、鲜花饼、银器、艺术品、藏器、玉器……前些年流行的花布长裙，如今已被满街的灰白布衣长袍所代替。

小雯喜欢漫无目的地游荡在人群中，走累了就席地而坐。观察来来往往的游客，判断他们来自何方，来过几次，是刚到还是将要离开，是跟团还是自由行，是情侣还是夫妻……

小雯喜欢看书喜欢观察，她说自己没时间在踩坑后学习成长，太多人因为踩坑付出了惨痛代价。她希望读万卷书行万里路，不必惨痛，却能快速成长。

她忘了，纸上读来终觉浅，心中悟出始知深。她还忘了，该来的逃不掉，该走的留不住。丽江随处可听见吉他伴奏的或沙哑或干净的嗓音，冲着一位歌者干净的声音，她平生第一次推开了酒吧——浪迹天涯的门。

三、一眼万年

故事的开始，总是没有任何预兆。阳光一如既往和煦，商铺一如既往喧哗，游人一如既往如织。

木阁楼，木桌椅，没有听众。小伙干净腼腆，抱着蓝色吉他，朝小雯点点头。一首歌结束，小雯鼓掌，小伙说："欢迎姑娘。"小雯双手合十，低眉一笑。发圈松开，齐腰长发在阳光下泛着金色的光芒，脱鞋将脚搁在木椅上，光脚继续看书。

细雨带风湿透黄昏的街道，抹去雨水无辜的仰望，望向孤单的晚灯，是那伤感的记忆，再次泛起心里无数的思恋，以往的片刻欢笑仍挂在脸上，愿你此刻可会知，是我衷心地说声，喜欢你，那双眼动人，笑声更迷人……

当男孩深情地唱起《喜欢你》时，小雯一激动光脚跳到地上："别唱这首歌！"歌声戛然而止，小雯尘封多年的心思被眼前的男孩撞裂了。她为自己的失态道歉，男孩微微一笑，约她晚上再来。

男孩叫阿成，清瘦，穿黑白图案的裤子和白色衬衫，干净阳光却打扮得像个痞痞的浪子。现实里的小雯孤傲清高，靠能力获得尊重，靠拼搏获得自由。

不食人间烟火的她，对感情的要求无关权势，无关金钱。偏偏权势易得，金钱易赚，有情最难得。她很清楚自己需要的是灵魂伴侣，所以虽然追求者众多，但能托付终身者却没有。

两个现实里绝不可能有交集的人，就像摩卡里的咖啡与奶泡，不可思议地巧遇了。去之前小雯揽镜自照，卸下锐气和高冷后，松开了那束缚三千烦恼丝的发圈——松开了把现实与梦想隔开的枷锁。

酒入肠后，小雯推门而进。唱歌的阿成点头示意，除了特意为小雯留着的下午的靠窗座位，酒吧已座无虚席。服务员拿了半打"风花雪月"和瓜子小食给小雯，说是阿成送的。阿成在台上拿酒敬客人，眼神最后温柔地停留在小雯身上。隔空碰杯，小雯喝了一大口"风花雪月"。

《我在丽江等你》《再谈一次恋爱吧》《春天里》……很容易被拨动心弦。嗨高了的客人们就着熟悉的音乐跟唱，小雯也不知不觉地喝空了两瓶。

若有迫不得已的应酬，小雯不管喝得多醉，最后也要坚持到离开大家的视线再吐，再在可以放心倒下的地方倒下。身边的人都怜香惜玉不让她多喝，反而是自己有时候想大醉一场，却没了机会。

酒吧打烊后，阿成教小雯唱歌，微醺的小雯隔着摇曳的烛光看着阿成。她和白天一点也不一样，现在她说很多话，很开心地笑，很大声地唱歌，根本听不进他说些什么。只是在阿成询问是否明白时，才察觉自己的游离，赶紧用力点头。

有些人，一眼万年。尽管未必是善缘，可又有谁躲过了？

四、一夜丽江

夜已深，唱尽了，喝高了，阿成送小雯回客栈。凌晨的丽江更冷了，白天人满为患的街巷现在鲜有人行。月光照着打磨得玉滑的青石板路，再反射到两人被酒精染红的脸上，很甜蜜的颜色。

两人相约第二天骑车去束河。

租了双人自行车，小雯那么用心地看着近在咫尺的阿成，看他白色T恤上随风吹来一针枯草，被他淡淡的烟草味混着沐浴露的味道萦绕。

他一路大声唱《漂洋过海来看你》，唱《春天里》，唱《甜蜜蜜》……小雯迷失在他的歌声里，那么认真地把他刻进心里。

在束河，阿成教小雯打手鼓，两人在路边咖啡店听老外唱歌，小雯还偷拍了两人倒映在小河边的影子……

回古城途经一小镇，长长的介绍墙上贴满了艺术节即将到来的全球艺人介绍。小雯不感兴趣，狂练摄影技术，一回首，发现阿成还在原地认真地看。小雯索性坐下，温柔地等他一寸一寸地向前移，含笑地看他在落日余晖的映衬下那认真专注的轮廓剪影。

那一瞬间动了心，无可救药。

夜晚，小雯跟酒吧兄弟们一瓶瓶地喝着"风花雪月"，听阿成一首首地唱着歌，抖搂一串串银铃般的笑声，一次次为台上乐队大声欢呼鼓掌……喝了很多酒，但没醉。

阿成说他是云南苗族人，出生在大山里，很小就学跳舞讨生活。亲弟弟打工时手被机器切残，没得到赔偿。因为没房子，所以弟弟在家乡成家后住在丈母娘家，如今侄儿5岁了。父母因此很羞愧，努力打工攒钱盖房。

阿成的身体不允许再跳舞后，就自学吉他自学唱歌。漂过海南、广州、阳朔最后来到了丽江，闲时总在酒吧做杂活，希望以后开酒吧，帮家里盖房。

小雯告诉阿成，自己家境不错，有过一段刻骨铭心的过往，后来她离开了他们共同生活了10年的城市。身边从来不缺有钱有势人的追求，但只想要一份单纯美好的感情。

五、为你，我愿意

小雯一夜无眠，想起了曾经想要的生活。

每天清晨吻醒他，把散发着薰衣草香味的衣裳叠在他身旁。陪他吃完格桑花旁的爱心早餐，整理好他的衬衫领角，叮嘱他放心地踏上打拼的战场。为庭院的鲜花浇水后，煮杯咖啡，在醇醇的咖啡香里，赖在藤椅上看简单的书，写美好的字。

傍晚，系花围裙做两个小菜，用青花白瓷碟盛着，温两杯酒，放两副碗筷。松松地绾起长发，站在花香里等他回来……

下飞机时，小雯收到了阿成为她录的《他不爱我》这首歌："他不爱我，牵手的时候太冷清，拥抱的时候不够靠近；他不爱我，说话的时候不够认真，沉默的时候又太用心……"

小雯在机场找了个角落，把头埋在阿成送的铅灰色的棉麻围巾里，眼泪横飞。回到现实的小雯,行程以分钟计算,只能在喝咖啡的时间里争分夺秒地去听阿成的声音。

阿成说,今天丽江没有云,艺术小镇来了某明星,看见了好酷的哈雷摩托车,录下了自己喜欢的乐队的歌,雨过天晴出现双彩虹了,师父回来看他们了,姐夫的小女儿很乖会叫自己起床吃饭了,晚上兄弟们又喝多了,今晚打架了,小雯送的皮衣被划伤了……

阿成不仅给小雯录歌,还对着手机做鬼脸。伙计们说:阿成遇见了天使。

从阿成的歌中,小雯可以听到丽江城灯红酒绿的嘈杂和街道上马儿走过的驼铃声,甚至可以感受到阿成某天嗓音的嘶哑。这些熟悉的声音让小雯仿佛又回到了那天午后的角落里,感受着他歌唱时颈上筋脉的跳动,看到他额上渗出的汗珠,想象他依旧穿着短白T恤抱着吉他的样子……

小雯一边工作一边把北京的故宫、上海的外滩、海南的椰林、欧洲的教堂、非洲的森林……都带给阿成。

以前周末除了睡觉就是看书,可现在小雯学插花,去健身房挥汗如雨,参加百公里的骑行……为了你,我愿意变成更好的人。

六、时空交错

小雯在爱情里恢复了小女儿的娇态,若是哪天看不到阿成的早安,她会躲在被子里默默流泪,微信屏蔽、电话不接。什么时候愿意听阿成的解释了,简单的三两句话就会让她破涕为笑。

手头的项目为期三年,她甚至认真地想过完成后就去过想要的生活,她没有告诉阿成这个决定。她觉得如果他属于她,三年后他依旧会笑微微地等她。

阿成凌晨打烊后常常去吃夜宵,起床时又日上三竿,他闲暇时小雯却昏天暗地地忙。

小雯常跟阿成说:日出而作,日落而息才是遵循大自然的规律。只有迎着太阳才能吸收能量,身体才会健康,一切才会顺利。希望他可以早睡早起,跑步锻炼,做最健康的积极阳光的男人。

可阿成睡得越来越晚,晨跑也坚持不了几天。甚至总不记得到家后给小雯道一声"晚安",而小雯却习惯性地半夜醒来查看,睡眠越来越差。

去年,四季如春的丽江居然下雪了,青瓦木檐窗棂楼台一夜雪白。雪是深夜下的,小雯幸福地等待着阿成下班后告诉她,可,电话很沉默。

第二日中午,小雯让阿成帮自己去看看,可百年一遇的雪景早被践踏得面目全非。小雯很生气:"三更,说晚安时你顺便说了声'丽江下雪了'。其实,我早已知道。其实,我一直在等。等你见到飘雪时会兴奋地吵醒我,如孩子般吵嚷着说'下雪了,下雪了'!"

如此的纯净美好,如果是我,第一个告诉的人,一定只有你。夜静得,可以听见千里之外雪飘落的声音。心,在等一份用电话验证的爱。我喜欢雪,因为，它纯洁得就像天使。我喜欢丽江，因为，它是心底唯一的圣地。

当天使降落圣地，多想借你的眼睛，去看看。天使早已离去，眼中剩下的尽是蹂躏的伤痕残迹。纯洁无杂质的爱，就如雪花般铺天盖地的净白，就如天使般无所欲求的守护。

你，不爱雪，你，不懂爱，其实我更怕的是，你根本不愿懂。丽江，还会下雪吗？如果下，不管我是否还在，请一定记得，借你的眼睛，早早地去看看，圣地天使最美的样子。

现实中的小雯明知寄希望于别人是件不靠谱的事情，可这理智却敌不过对爱情的渴望。在现实中令出必行，带一帮人马征战商场的花木兰，遇到爱情时，却卑微如张爱玲。

大概越是才女越蔑视功名利禄，只求灵魂伴侣而拣尽寒枝不肯栖。可是对的时间遇到对的人，可遇不可求。

时间到了 2015 年 11 月 9 日。每月 9 日，小雯就在他们相识的日子上加一个月，提醒等到满一年后回去看阿成。

七、一年之期

平时的小矛盾，阿成哄一哄，小雯也就原谅了，可这次，他让小雯非常非常失望。

原来，过去的 11 个月里，酒吧老板停业整顿，重新开业后一直没给伙计发工资。阿成拆东墙补西墙度日，窘迫不堪，这样捉襟见肘的情况下，百万年薪的小雯没有支援他一分钱。她对阿成说："如果一个健全的男人连自己都养不活，怎么养家？"

在这样的经济条件下，阿成居然分期付款买了最新款的手机，并喝醉后在酒吧睡了一夜，次日才发现新手机丢了。

等了他一夜信息的小雯气得七窍生烟，但没吵没闹没屏蔽，只是极平静地接阿成电话，冷冷地有问必答，不关心不拒绝不主动不询问不打扰。

20多天后，小雯以为自己回到了从前的坚不可摧。可有一天，阿成入梦来告别，小雯被自己的哭声惊醒。小雯当机立断订了去丽江的机票，这一天离12月9日——相识一周年还有10天。

阿成得知后马上联系，但小雯没有热情回复。与其说小雯已经没有激情去主动，不如说小雯不敢再去主动触及这段没有未来的爱情。相识一周年还差两天（小雯去丽江还差两天）时，阿成的前女友回归！

清晨醒来时，习惯找手机，因为习惯去找寻曾经的习惯。尽管，其实早已人去楼空。今天睁开眼时，那个看过千万遍的图标，居然有8个留言，多得满屏都放不下。慢慢地，一字一句，是舍不得读完的那种心情。

你说要告诉我一件事，你说不想骗我，前女友回来了。你说心纠结，你说曾经同甘共苦，你说不知我会怎样想……

原以为，心会被刺得很痛，可现实却是，很平静。我说好好过吧！我说祝你幸福！发送，合上手机，眼角一滴热热的泪珠正滑过脸颊。曾经烂在心底，别向任何人提起。因为任何人都不配听，这段刻骨铭心。

相识一周年还差一天，小雯开了5小时会议后，在华灯初上的街上疲惫不堪地等红绿灯时看到了阿成的朋友圈。玉龙雪山下，漫山遍野的黄色小花，是小雯最喜欢的场景。美景里，清瘦的阿成与一美丽的白衣女孩彼此对望，深情相拥……

千里以外的小雯紧握方向盘，异常坚定地嘱咐自己："感谢经历，让我知道世上没有任何可以寄托的依靠，只有做更优秀的自己，无人可攀无人可比。"不攀枝，因为不需要；不俯首，因为不值得。

第一次 20 多天的冷静，小雯明白了自己对习惯自由的阿成要求太多是不合理的，于是释怀。第二次冷静，明白了对一个还不懂得爱的人如此掏心掏肺地好不值得，要学会放下。一天后，小雯来了丽江。阿成发短信给小雯：想见，但不知以什么身份见。

小雯回复：不必为难，我回来与任何人没有关系，只是在兑现自己给自己的承诺。12 月 9 日，相识一周年。大概阿成是不记得了。

八、人生若只如初见

相识一周年，小雯去了阿成隔壁的酒吧。平日束缚的齐腰长发弄乱，在灯红酒绿的映衬下妖媚如狐。说话要贴近耳边吼，长发飘来掠去，男人们心痒地想得寸进尺，小雯逃离了，在醉倒的前一刻。

一出大门，12 月的丽江冷入骨髓，小雯找到安全的角落边吐边哭。300 多个日夜的隔空相守，千里奔来却咫尺天涯，痛不欲生的时候那个爱的人也许正在温柔乡。我是谁？我为什么而来？我来干什么？尘埃落定处，各自安好才是最后的温柔。

寂静的夜里，丽江从没有如此安静过。曾经的猫叫老鼠跳、叽叽嘎嘎的木门声、晚归人的喊门声，全都安静异常。若不是木楼阁顶和冷到发抖的空气，真难以置信自己身处那座熟悉到不能再熟悉的城。

清晨，酒醉后的小雯特别清醒。为何清醒并不重要，重要的是小雯明白了这座城市依旧还是自己喜欢的模样，只有让自己变得更好才是每段故事结束后最好的成长。

睡了几夜，飘浮的心终于安定。拉开窗帘，窗棂外的蓝天，瓦房楼檐一切都还是记忆中最美的模样。小雯决定寻找些温暖与快乐来淡忘，自我修复能力超强的人，从不在灰暗中徘徊，得到就痛快地要，失去就利落地放下。失去爱又怎样？依赖自己，好好活才是王道。

清晨的古城依旧清静，小雯在新城街上等米线。想起与阿成吃饭时，他把最大的鸡腿给自己，自己夹回他碗里，夹来夹去，后来妥协说自己先吃一口，剩下的归他吃。

小雯沿着街边慢慢走，无意识地在北门坡熟悉的那个路口转进古城，只因曾经阿成在这里迎接过她，顺路拐进了熟悉的客栈——如归轩。没见到小狗球球，只在门口楼梯间的角落里看见了年轻老板娘买菜的背篓，那也是曾经她和阿成一起去北门坡买菜背过的。

入门转角处就是只能容一人进出的小小厨房，阿成在这里第一次为小雯做了一碗蛋炒饭，因为油放太多以至于饭都泡在了油里，他细心地将上半部分的炒饭分给小雯，自己吃那剩下的油泡饭……

墙上那张"因为一个人不再来一座城"的笔记不知是否还在？物是人非，不要怀念。

小雯来丽江多次，习惯了去"猫的天空"写东西，因为这里是古城最早迎客的店铺。不知不觉，小雯走到了小石桥，曾经循着歌声相遇，从此一眼万年。

那重新装修过的白栅栏还在，当时小雯提议在白栅栏上装饰些色彩，阿成就听话地去买了，但男人实在伺候不了那些娇嫩的花儿，所以买了些塑料花。拍照给小雯看，小雯笑他土得掉渣。现在这些不伦不类的小花没了影踪，唯有阿成种过的那些木盆里的花草，还孤独地挂在窗台上。

从踏进丽江到进入客栈的前一刻，小雯都还没有触景伤情。此时，想起阿成粲然一笑的样子，泪打转。

九、等一个人

本想帮他成就一番作为，却天意弄人到如此落魄，自己的倾心付出都对不起自己。

一年了，古城也变了很多。曾经全都是曳地的长裙，现在已经全换成了麻布长袍，新开了许多白灰黑的麻衣店铺。以前两张木椅围一堆火塘的酒吧模样早不知去向。一切都在变，曾经的店铺早已改换门庭不知多少次。

丽江成了一拨拨留下又离开、离开又回来的浪者之城。唯有空气，依旧清新干净；唯有阳光，依旧温暖和煦；唯有蓝天，依旧清澈美丽；唯有丽江情怀，依旧与世无争。

在"猫的天空"，小雯从第一位客人到来时写到上下两层楼座无虚席又写到太阳下山，直到饥肠辘辘。古城天空的火烧云很壮观，小雯独自游荡在夜色里，经过了"繁花"——如今丽江最火的酒吧，前面再过一个正在维修的小石桥就到五一街。

"小雯。"是熟悉的声音，曾经日思夜想的声音。第一次巧遇，这次偶遇。不过一年，物是人非。无言对视，纵有千言万语，已不能道一字。

阿成拿橘子给小雯。小雯摆手：不要。"不要"二字提醒了自己，又补充：再见。转身，不回头。泪水早已滑过冰冷的脸颊。向前走，不停，机械地拐弯、上楼梯、下楼梯，再拐弯……

"注意安全。""心里五味杂陈。见到你。""脑子里一直是见你时的样子。"……

小雯没有回复，这偶遇对阿成来说只是一瞬间。而小雯等这一天，等了365天——如今是她一个人的纪念。

一个人吃一个人写一个人听一个人逛一个人醉一个人睡一个人忆一个人流泪……近在咫尺，远在天涯，你太真实，坦然地告诉她你幸福；她太虚假，微笑着祝福你幸福。

阿成不断地找小雯，小雯不听电话。最后他发信息给小雯：小雯，对不起！小雯在被和煦的阳光照射着的石榴树下泪流满面。

小雯辞职了，在海边的城开了名叫"小城"的咖啡店。阿成结婚了，在小城的角落开了间小酒吧，名字叫：等一个人。

再次回到丽江是11月，就着咖啡馆外的绵绵冬雨，我将小雯的爱情结了尾。

次日，久别重逢的阳光被雕花木格切成一格格铺在床头，连洗脸刷牙这样庸常的事情也变得令人愉快。嗯，生活就是这样，没有漫天烟雨，怎么会如此期待又感恩于阳光的光临呢？

女 人 向 上 法 则

在感情里不攀枝,因为不需要;不俯首,因为不值得。

世上没有任何可寄托的依靠,唯有成为更优秀的自己。

为不懂爱的人掏心掏肺不值,用自我标准去约束他人也不对。

小薇的故事

　　自幼命运和别人给我的，都是苦难和不想要的；倒是自己拼力争取到的，是美好的喜欢的。
　　所以我不相信任何人的赐予，只相信自己的努力。

　　我来丽江必爬狮子山。脚下是鳞次栉比的古城屋顶，一顶屋顶一屋故事。我喜欢爬山是因为从山顶俯瞰芸芸众生，山川河流都变得渺小，人更渺小。
　　身处于红尘产生的众多烦恼，如果将灵魂抽离出来重新审视，就很容易发现自身的问题并找到解决方法。我喜欢在山顶晾晒我的烦恼，给在现实中征战而疲惫的灵魂晒晒太阳，修修补补，待元气满满再战回红尘。
　　征战红尘的朋友们，不少人都有鲜为人知的故事。但大家依旧要在红尘修行，所以更多人会尘封故事，许人许己一份安稳。

但丽江例外，世外桃源的阳光肆无忌惮，桃花源的人也自由洒脱，譬如"柔情蜜意"客栈的薇薇安，我叫她小薇。

那年，给女儿挑选小学毕业旅的城市时，我选了丽江。客栈多得人眼花缭乱，忽然看到"柔情蜜意"客栈，老板小薇是学习酒店管理的海归，且客栈处处被粉、红、白纱幔环绕，令我和小女一见倾心，非此处不住，隔着几千公里一见钟情。

闲聊时我提及喜欢丽江的野花，结果逛街回来，床头就多了个土陶罐，里面插满了怒放的格桑花。第二天随意聊一句，"床很舒服，只是女儿睡枕头有些高。"晚上床上就多了个小枕头。

因为小薇细心和善解人意，所以"柔情蜜意"客栈成了我六次来丽江最喜欢的客栈。并特意为小薇写下"喜欢她的床，恋上她的房，爱上她家老板娘"，至今仍在江湖传扬。

相识五年了，五年来，我们缘起情牵的客栈已经转给别人，小薇做了新客栈的老板娘，我们从萍水相逢变成无话不谈的闺密。

我喜欢看人家的字，也喜欢写字。因为世事繁复，记忆会淡。只有文字，事隔多年，让你忆起那时的花香、茶香，被子上阳光的味道依旧温润如初。

小薇得知我喜欢写字，说："希望有一天你也写写我的故事。"我说："好的。"可真正从嘴上的"好的"落到纸上的"好的"，我才发现要写出有血有肉的东西，要好好跟她聊一次。她说，我听。

每个人都有故事，但不是每个故事都有美好的结局。但出身卑微命途多舛的小薇，就算岁月不曾善待，却也一直在奋力拼搏力争上游，最终遇到有缘人，渡尽劫波，遇见幸福。小薇说："我的幸福你都看到了，那我就先说说苦吧。"

掀伤疤并不容易，因为被掀的人要鲜血淋漓再痛一遍。我们大多数人终其一生，拼尽全力只想让人看到自己的生活是一袭华美的袍，包括至亲，都未必有机缘看到我们生活里爬满的虱子。那些只属于自己的秘密，只有有缘人才能听到一二。

以下是小薇的叙述。

一、灰色的童年

妈妈自杀那年，我 10 岁，小妹 2 岁。

在农村，没男孩就是无后。所以生完我们三姊妹后，不管别人说什么，妈妈都会曲解出瞧不起她的意味。她不止一次跟我说："如果妈妈死了，你就去告诉外婆，说妈妈是被奶奶用锄头锄死的。"

爸爸是老师，性格很好，会写剧本，周日才在家。还记得那是十岁的某个周日，同伴急慌慌跑来说，"小薇，你妈死了。"一般的 10 岁孩子肯定会吓得哭起来，质疑地跟伙伴吵架吧？但我没哭没闹，拔腿就往家跑。

我看到家里围满了人，都在哭，奶奶被几个婶婶架着，已经快瘫到地上去了。爸爸使足全身力气给妈妈做人工呼吸，泪大颗大颗地滑落在妈妈发青的脸上。我跪下来歇斯底里地哭喊妈妈，大妹拉着我的衣角哭，小妹也被吓得哇哇大哭。

镇上的救护车至少一小时后才能来，当地的医生阿伯闻讯赶到，摸摸妈妈颈后的脉搏，含泪说："节哀，安排后事吧。"

大家的侥幸轰然碎了，零落的抽泣一瞬间震耳欲聋。我至今都无法忘记那一幕：7月盛夏，寒气从地上刺穿我的脚心向上窜。我怕穿着单衣躺着的妈妈冷，爬上去紧紧抱住想捂热她，那一霎，妈妈身上的冰凉刺进我的骨头里好冷好冷。

从此，我没妈了。

从此，我没"妈妈"可以喊了。

从此，我特别怕冷，任何温度都四肢冰凉。

我常常梦到妈妈，被自己的哭声吵醒后依旧在喊妈妈，"妈妈，妈妈你在哪？妈妈，妈妈你回来！妈妈，妈妈你别走！妈妈求你别丢下我们走！"几十年后，小薇每一声"妈妈"都叫得泪如雨下。这一声声"妈妈"，将三十几年前那个小女孩的孤苦无助、牵着妹妹抱着妈妈的凄惨又一次唤醒。

四年后，爸爸再婚去了新疆，杳无音讯。大妹连续发烧，耽误成脑膜炎，有点迟钝。

我恨一切，但无能为力。我没法判断谁对谁错，更没办法化解大人的恩怨。我永远忘不了抱住妈妈的那一瞬间，那股寒气钻进了我的身体，我觉得妈妈住进了我的身体，她会来带我走。

妈妈死了，爸爸走了，妹妹病了，我在绝望中吃安眠药自杀两次，想跟妈妈走，但没死成。

我本能地想到去没有人认识我的地方。

二、十年寒窗

我发疯地读书。18岁，我考上南阳学院医学护理专业。20岁，我去北京新东方学习英语。21 岁，我在西安大学继续进修英语。那一年，我从西安坐火车回南阳。对面是个白净斯文、与我年龄相仿的男孩。

因为童年的变故，我喜欢独处，给人拒人千里之外的高冷感。时常有男生关心我，但我习惯躲避。我不是不需要，而是一心只想走得很远很远，所以现在的相遇都是不实际的，不想耽误自己拖累别人，仅此而已。

而此时，我躲不了。一个车厢里，免不了有一搭没一搭地聊。他说他是第一次去南阳看女朋友，希望我到站时叫他。

不说话就各自看书。那时我一心考托福去国外，只看全英文的书，累了就不知不觉地睡了。醒来时书在桌上，但书签放在封面上——这不是我的习惯。我正努力回忆，男孩不好意思地说："你睡着了，书掉了书签也掉了，我不知道应该放在哪一页。"

"谢谢。"我也不好意思，下意识摸摸唇边，有没有口水，打呼噜没。男孩看出我的尴尬，微微一笑："你真爱学习，看的是全英文的书。对于我来说，简直就是天书。"

我敷衍地应和一声，很快就再次陷入沉默，各自看书。手中的书真成了天书，我开始琢磨他。在我回忆时，他告诉我书掉了；在我尴尬时，立即夸我爱学习……习惯独来独往的我，一瞬间莫名被触动——他能读懂裹着重重躯壳的我。

他说他叫李江，我说我叫薇薇安。

南阳到了，我不想留下联系方式，而他是看女朋友的。我们礼貌地道别："再见"，他向左，我向右。我以为，这一转身就是一辈子。身边人都知道现实里的我孤傲冷漠，但在网友眼里，我在 Vivian 的网名下，将俏皮的表情包用得出神入化，他们都以为我是活泼阳光的。

没有一个人同时见过我的两面，这让我有安全感。

那天下雨，无聊的我把风筝头像换成了自己的背影长发。突然，一个网友问我是薇薇安。我说是，对方立即发了好几个开心的表情，他说他是李江啊，南阳下车的那个男孩啊。他说在论坛里看见 Vivian 时，就一直留意是不是我。哈！我很惊讶："为什么这个网名会让你联想到我？而且这个生僻的名字美式欧式杂交，怎么会觉得是我？"

他说："不好意思，那天我看见了你写在封面的英文名。正因为这名字生僻，所以我再见到时，第一时间想到你，可是你在论坛的风格跟印象中的你又不太一样。直到刚才看见你的头像，我才敢肯定就是你，立马跟你联系了。"

被人惦记还特意寻找的感觉很温暖，他缜密的推断又让我不安。真实的我他见过，虚幻中的我他也见过，可是因为我的戒备，从没有人能这样全面地了解我。

三、甜蜜的初恋

22 岁这年，26 岁的李江成了我的初恋。他技术能力强，家里又有背景，毕业去了电厂做研发。他是独子，婚房离我们学校三站路，我每天放学就像回家一样回小窝。

我的大学生活是靠兼职和助学金维持的，也经常做会展翻译。认识李江后他支持了我许多，我们手牵手游遍西安的大小景点，幸福触手可及。

如果做翻译时没认识新加坡人 King，两年后的毕业日就应该是我和李江的完婚日。可命运从来不会按常理出牌。即便它按常理出牌，我死过两次后唯一的理想就是出国，这一执念定会引诱我不安天命。自幼命运和别人给我的，都是苦难和不想要的；倒是自己拼力争取到的，是美好的喜欢的。所以我不相信任何人的赐予，只相信自己的努力。

King 帮我申请了新加坡的学校学习酒店管理，并说如果我学得不错，可以考虑留在他的新加坡酒庄工作。我很清楚地知道去新加坡意味着什么。

李江升科长那天，我们去了法式餐厅吃大餐。烛光摇曳，莫扎特的音乐让人陶醉，他点了一瓶昂贵的红酒，兴奋地描述这次的对手如何强大，但输在了他无人可替的技术上。即便醉意蒙眬，不善言辞的他依旧认真地描绘着未来，且我永远是他蓝图的女主人。但我真的不忍心让他在蓝图无法更改时才崩溃地发现这是他一个人的蓝图。

在他兴奋地提到我们要生两个孩子时，我忍不住了："李江，我想去新加坡读书。"

烛光晃动得特别厉害，没有风。厚重有质感的叉子在切薄骨瓷白盘上的七成果香牛肋条时，发出刺耳的金属撞击瓷器的声音，那轻柔的莫扎特钢琴曲正好到了最激昂的那段。很静。

不知过了多长时间，他说："想什么时候去？"我不记得当时说了什么，但每一个字都一定如钢针般，将李江用全部心血描绘的蓝图一针一线挑得面目全非。我遵从了初心，以放弃美好的初恋为代价。

李江帮我支付了 20 万担保金。大学第三年，我去新加坡学习酒店管理。

四、异国的寻梦路

人一生会走很多弯路，主动或者被动。如今去看，这些挣扎和纠结都会成为人生最重要的转折点。已经走过的几十年，绝大多数人与物已被时间冲洗得干干净净。如今依旧刻在记忆中的，都是帮助过我成长的人或事，它们改变了我的人生轨迹。

在新加坡，我系统地学习了酒店管理知识，见识了全球顶级的酒店管理标准。King 是新加坡华裔。彼时，他未婚我未嫁。我以结婚为前提交往，但最终因为文化习惯不同而分开。

不管是刻骨铭心还是云淡风轻，他都曾是那个在十字路口上陪伴我的最重要的人。回国后，我在深圳五星级酒店做前台经理助理兼外服。

在工作中，我认识了 Manfred——一位来自德国科隆的隧道工程技术员，他的眼睛是深邃的深蓝色，细卷的鹅黄色头发。常常奔波在施工现场，所以没有白种人的白皙，反而有我喜欢的阳光清爽的味道。

在我详细为他介绍酒店的各项服务还有深圳的景点时，他那深邃的眼睛一直环绕着我。我不敢直视，赶紧用最快的语速结束，抬头等待回应。

"You are very beautiful, especially your eyes. Glad to meet you！"

"Thank you, Glad to meet you！"

相似的人总会有缘相遇，而眼神是最不会骗人的，因为它能折射出人的内心，缥缈空洞代表没有目标，不断转动代表心计重，恍惚躲闪代表少些真诚，同一双眼睛在面对不同人或不同场景时，也会有不同的状态。只有互相吸引的眼神在触碰的那一霎，才能撞出内心最真实的回音。

他离开那天我休息，他到前台询问我并留下邮箱地址。出于礼貌，我发了封邮件，诸如很高兴认识你，感谢再次光临之类的客气话。从此，远隔在天涯海角的我们，开始了工作外的沟通交流。

德国与中国的时差是 8 小时。每天清晨我都能在邮箱里看见他睡前给我留下的晚安，每天中午是他的太阳，每天晚饭时是他的笑脸。他称我为他心里的"东方女神"，虽然山高水远，可我们的心在一点点靠近。

五、迂回的爱情

半年后，他带着求婚戒指出现，我答应了。我们周游中国，形影不离，甜蜜得羡煞旁人。

Manfred 求婚后，我们同居了。可每到关键时刻，Manfred 都会抚摸我的脸对我温柔地说："我们要正式在教堂成为合法夫妻后，才可以。"然后亲昵地吻我的额头说："亲爱的，对不起！"

他是基督教徒，我可以理解。在所有签证手续都办完后，我跟随他去了科隆，我很兴奋，因为很快我们就要去教堂结为夫妻了。

可是，在我幸福地期待着成为 Manfred 的新娘时，我发现他是同性恋。我不肯放弃，我觉得任何身体心理疾病都可以通过先进的医疗技术恢复。但每当我建议他去看医生时，他都会疯了一样对我吼，说他没病！

如今，这结局早已脱离当初的期许，那时执子之手与子偕老的渴盼，在现在看来也不过是一段插曲。我努力到无能为力，回了国。

只想去个安静的地方静静。在飞机的杂志上看到小城丽江，木屋瓦顶、石板小路、田园野花，便决定就是它了。

六、喧嚣后的宁静

到丽江三天后，小薇果断买了房，一年后交房。小薇很美，长褐色卷发，皮肤白皙，眼睛是那种清澈见底的明亮。身着红色绣花服，生活在这世外桃源的丽江，如一株自由绽放的木棉，高贵而善良。

缘分由天定，不能强求的交给上苍；事在人为，能改变的不惜余力。小薇说，找到两情相悦的人难，找喜欢的地方容易。那就先去喜欢的地方做喜欢的事，人生也足矣！

交房前，小薇住在纳西人亚军的客栈里。选它是希望入乡随俗，这一初衷也为她认识纳西朋友结下了不解之缘。白天走走，看书，聊天喝茶，晚上早早回来。单身未婚的漂亮姑娘从没有夜不归宿，也不带男人回来。亚军动了把见多识广、温柔漂亮的小薇介绍给发小和军的心思。

每个人的人生，你今天走到哪一步，好的坏的对的错的，伤心的幸福的，其实都在若干年前，早被你的某一个决断注定了缘分。很多时候，我们不是为曾经的失误埋单，就是为曾经的明智庆幸。所以在做决断的时候，请慎之又慎。青春虽然有很多选择，却绝无可能再走一遍。

和军，身高一米八八，曾在第一届的"印象丽江"中担当主舞，他伟岸强壮的形象至今还留在"印象丽江"的宣传单上。亚军专门安排和军来客栈，说给他介绍个好姑娘。

小薇对此当然一无所知。小薇热情地与和军打招呼，和军对小薇一见钟情，她的眼睛和魅力让他一往情深。小薇在与天南地北的客栈朋友聊天当中发现，丽江的旅游发展有很大空间，加上酒店管理是自己的专业，所以计划开家客栈。

和军自然成了小薇的管家，有工资的那种。

七、爱上爱情

认识和军半年，小薇与和军去了石头城。

山崖上是原始村落，山脚下踩着金沙江的悬崖。和军家在山崖边，饭后要回山腰的客栈。石头城的路坑洼不平，唯有月光照路，和军一直紧紧地抓住小薇的手。

11月的寒秋，石头城早就寒了，可两人手心全是汗。和军不得不时时松手在衣服上擦干，再赶紧拉上。他的笨拙让小薇心生怜惜，觉察出这山般的伟岸男人对自己的心疼。爬到客栈门口，和军说："还早，要不我们爬高些，去炮台看看吧。"

深蓝的天空纯净得像疲倦了的海，镶嵌着满天顽皮的眨眼的星。他们爬上石头城的最高点——炮台。这是一块有围墙有机枪眼的平台，曾帮村民抵抗过土匪侵占。站在这里，可以俯瞰山崖边村庄里的星星灯火，与天上璀璨的星光连成一片，如梦如幻。

空气安静得听得见彼此的心跳。"我可以抱抱你吗？"和军终于鼓起勇气问。小薇没有说话。

两颗心紧紧地贴在了一起，原本频次不同经历迥异的两颗心，在寂静的夜空中猛烈地碰撞了。在这座古老山崖的最高点，漫天星光与山崖边的星星灯火喃喃细语，金沙江河水千年拍岸的水声，还有遥远而不真切的一两声狗吠，都不及两颗心的碰撞声震耳欲聋……

漂泊半世，为了出国放弃初恋；新加坡打拼，经历无疾而终的爱情；为爱出国，还没开始就结束……自幼缺爱的小薇在感情里也是伤痕累累，如今定居丽江，上苍终于记起要派对的人来敲门。

小薇没有给和军任何承诺，不善言辞的和军也就默默陪伴着，精心打理着一切。

八、蓦然回首的幸福

小薇的大妹脑膜炎烧坏了脑子，早早嫁到新疆了。小妹聪明漂亮，是村里第一个考进北京重点大学的孩子。

小薇每次提起小妹，自豪和幸福感都满溢，这种感情甚至在谈恋爱时都不曾有过。也许小妹才像她的作品，俗话说"长姐如母，长兄如父"，在妈妈去世爸爸远走的破碎里，小薇不仅以身作则给她树立了榜样，而且在衣食住行上扛起了母亲的职责。看着小妹光宗耀祖，小薇欣慰至极。她对她的爱，远远超过姐妹情谊。

小妹考研后遇到了法国留学生Julien，毕业后远嫁法国，从此遇见幸福。小薇虽颠沛流离，但从不缺人爱。比如丽江，都是和军事无巨细地打理客栈琐事。可小薇，从未给过这些萍水相逢或深爱过的人任何承诺。她认为姐妹情深，伴侣只是老了相依为命就可以。有妹妹，就有家。

小薇去探望妹妹，心甘情愿地帮妹妹做早餐、洗衣服、看孩子，打理在丽江从不用操心的琐事。她幸福地看着妹夫吃完自己亲手做的早餐，和妹妹亲吻告别，她推着婴儿车看妹妹妹夫在前面卿卿我我……她其实不像姐姐，更像早已离开的妈妈。

前半生，她把全部的爱都给了妹妹，甚至不肯结婚，只想把几十年的积蓄留给妹妹。可当她在订机票而不懂操作时，在想买东西读不懂英文时，在这人生地不熟的地方孤独无助时，唯一的亲人——西化的妹妹却只丢给她一句话：你应该自己去找软件翻译或打电话咨询。

那一刻，她决定结婚。

2015年12月，半生漂泊，漂泊半个世界的小薇，终于在丽江被纳西人用最隆重的仪式——八抬大轿抬进了和军的门。

小薇说，她要供很多孤独的孩子读书。她要用自己的故事告诉他们：他们的人生虽然开始时残酷，没有父母保护，无依无靠，但只要相信，只要努力向上，只要永不放弃，就会像她一样拥有很多很多的爱，还会有幸福美好的未来。

爱出者爱返,福往者福来。希望更多有缘人"喜欢她的床,恋上她的房,爱上她家老板娘"。

去丽江吧,柔情蜜意客栈,小薇和和军在等你。

女 人 向 上 法 则

就算岁月不善待,只要努力向上,一定会渡尽劫波,遇见幸福。

后记：
出一本书，圆一个梦！

　　我有过很多梦想，但都是大家共同的梦想，例如考上好大学、找到好工作、嫁个好人家、有一番好事业、有个好未来……

　　老天厚待我，一步步让我实现着所有梦想。

　　当我无意发现放在电脑文件夹里这些年随意将心情与感悟记下的八万字后，我产生了一个只为自己的小梦想。

　　于是，每周我都尽可能地给自己安排4小时，一个人泡咖啡厅，花一杯咖啡钱把自己禁锢在电脑前，敲击我实现梦想的万万字。

　　在不太明亮的灯光下孤身一人坐在某个最角落的地方不停歇地敲击键盘时，腰板会坐得笔直，状态最好的时候，文字如汩汩清泉，挡也挡不住地向外冒，敲击键盘的手常常跟不上思维的速度，错字百出、语序不通、逻辑混乱此时都可暂时置之度外，就像画一幅画先把脑子里一瞬间的影像描绘出原形，再通过之后的不断修正，添枝增叶去让这幅画慢慢地成长出生命。脑子里的影像常常会一瞬即逝，所以必须抓住它快速让脑海里的虚幻通过指尖成为有形存在的或字，或曲，或画，或舞……

周末的下午，咖啡店的生意向来极好，不管有多嘈杂，多少人群涌动，所有声音在我挺起腰板期间都会在我身体之外，犹如坐在玻璃罩里，与世隔绝的空间，脱离现实，穿越进了所写的环境中，可以感受到主角呼吸的干净冰冷的空气及他们缥缈甜蜜的爱情，随着那些故事情节的颠沛流离，脸上时而洋溢欢笑时而蹙眉焦虑。坐定日行八千里，其实可以理解为当我们思维脱离躯壳去游走四方时，任何时候的生活都可以拥有诗和远方。

曾经多少科幻电影书本都有表述这种穿越，旁观者都以为这只是导演一场天马行空的戏而已，是不着边际的幻想，但把虚无缥缈的幻想通过有形的影像体现出来，让我们这群没有幻想头脑的人感知导演脑袋里的虚幻，他已经可称为神了，可以随时让自己的灵魂出窍，游荡到另一个空间与他人对话。

别不信。

用文字、图画、音乐等形态来表达喜怒哀乐的人，他们是具有灵感与空间对话的人，他们通常不会肥胖，他们的灵魂穿越需要消耗体能精力，常常在他们离开那个臆想空间回到现实中时表现为身体上的虚脱劳累，尽管他们或许身体没有挪动半步。能进入你看不到空间的人，他们通过聚焦所有能量于一点，然后形神分离实现与另一个空间的对话。这让我联想到穿墙功、隐身功，传说的盖世武功应就是这个道理。

你肯定不信。

我信就行了。我常常在正常时去看我曾写下的文字，我会非常惊叹质疑自己，因为看文字的我与当时写下文字的我，真实不是一个灵魂。这些观念似乎离奇，敬佩那些用艺术体现的能人，他们所展现出的作品通常是他们另一个灵魂在另一个空间借用他们的躯壳实现出的作品。

提到作品，脑子里就闪现出童叔。

因为一辆车认识了童叔，童叔是个清高的文化生意人。与这辆车一样，低调内涵，只需让懂的人懂，不懂的人也无须解释，以此判定不是一类人。

童叔五十几岁，幽默风趣通晓古今饱读诗书出口成章，对其深厚内涵钦佩不已，而他现在在做的一件事，更加让我心生敬佩。

他把自己后半生的所有精力都放在了红木家具的研究制作生产中，他毕生领会到中国千年文化的精雕细作，挑选最上好的木材，御请最好的木匠，日日时时与他们在一起，对这块块木头念叨着老祖宗的千年精粹，让精神聚焦于一点，把他的感知雕琢成一款有形的物件。他说，就如怀胎十月甚至更久的孕育，每一件物件出阁，他都会既喜悦又如魂魄游离般虚弱，要自我修复很长时间才能让自己精神回到躯壳中，再慢慢投入另一个孕育中，他要用余生做好这一件事：把自己的精神与魂魄凝结成可以落地有音的红木物什，让自己的精神依附在这个载体上永远传承下去！

精神与灵魂筑成有形的东西，身躯不在，它却可以传承千年，后人再见到它时领会智慧先人的精神，这就是一种让灵魂永久存在的传承。

当我在童叔不大的红木展示厅见到它们时，可以感受到厚重强大磁场散发的能量，抚摸它们时，感受到它们有呼吸的温度，每一个物件，都雕琢着这个物件自己专属的姓氏名字年份寓意，在多少个世纪后，或许后人可以如海誓蜃楼般看见先人当年的样子。

做生意的人，赚钱已不是目的，而是传扬着一种精神，他赚到的就已经远甚于金钱的价值。

我只是想完成我的梦想，没有童叔伟大无私。但与之相同的是我也只想把时常感动自己的精神变成一件可以让大家看到的有形物什，这个物什就是一本可以捧读的书。

这一本书取名为《女人向上》，感谢王茹老师在我众多零散感悟中帮助提炼出如今你看见的它，王茹老师说，一个有能量的人，她的一切都会有一种磁场，这本书就有着一种向上的能量！

希望，在看书的你可以感受到女人向上的能量。